나, 너를 떠나기에 5일이면 충분했어

나, 너를 떠나기에 5일이면 충분했어

초판 1쇄 발행 2022년 8월 29일

지은이 강양희
펴낸이 권경옥
펴낸곳 해피북미디어
등록 2009년 9월 25일 제2017-000001호
주소 부산광역시 동래구 우장춘로68번길 22
전화 051-555-9684 | 팩스 051-507-7543
전자우편 bookskko@gmail.com

ISBN 978-89-98079-53-6 04810

* '둥지북'은 여성 내면의 목소리를 담는, 해피북미디어의 브랜드입니다.
* 책값은 뒤표지에 있습니다.
* 잘못된 책은 구입하신 곳에서 교환해드립니다.

인생나눔교실 01

나, 너를 떠나기에 5일이면 충분했어

대기업 여성임원,
삼십 년 커리어를 끝내고
나를 돌아보다

강양희 지음

둥지북

프롤로그

삶의 주인은 나
'지금, 여기' 현재를 살리라

도저히 견딜 수 없어 눈을 떴다. 새벽 2시. 그 절대적인 어둠 속에서 푸르게 팔딱이는 것은 그를 빨리 만나고픈 설레임이다. 그와의 사랑은 처음부터 이별이 예고된 것이었다. 나는 이 사랑의 밀당에 자신 있었다. 내가 손을 놓아버리면 우리 관계는 쿨하게 끝나니까. 나에게 그는 봄바람의 알러지였다. 살랑살랑 부드러우면서도 닿으면 불편해서 달아나고 싶어졌다. 나는 지겹다며 헤어짐을 협박하기도 하였고 그의 눈을 피해 은근히 잠수도 탔다.

어느 날 새벽, 은하수처럼 선명한 의식 속에서도 눈을 뜰 수가 없다. 아침이 밝아 그를 대면하는 것이 덜컥

겁이 났다. 그때 알아버렸다. 우리 사랑은 그가 끝내는 것임을. 애초부터 그랬다. 처음 썸을 탈 때 그는 열은 미소의 훈남이었다. 그의 눈매는 항상 나를 따라다니며 나의 서투른 행동에도 기꺼이 함박웃음을 터뜨렸다.

두려웠던 그날 새벽에 떠오른 그는 예전보다 더 근사해지고 품위까지 갖추었다. 그러나 그는 더 이상 내 것이 아니었다. 우리가 연인이었던 것조차 잊어버린 듯 그의 눈은 나를 비켜나 젊은 애들을 쫓고 있다. 차라리 그의 눈에 띄지 않게끔 숨어 지냈으나 그는 기어이 나를 찾아내 이별을 통보하였다. 이렇게 30년간의 우리 사랑이 끝났다. 드디어.

이 사랑은 잔인하였다. 그는 미소년의 손길로 나의 홍조띤 뺨을 예뻐하다, 어느 날 검은 핏줄이 튀어나온 우악한 손으로 나의 숨통을 쥐락펴락했다. 눈물을 흘리며 벗어나고 싶었으나, 나는 행복했다.

그가 베풀어준 파티의 흥겨움에 나는 붉디붉은 꽃들을 달았다. 아직 여흥이 한창인 파티장을 이제 나는 홀로 빠져나온다. 꽃으로 가리운 상처를 안고. 한 모퉁이에서 숨을 헐떡이는 나에게 밝아오는 새벽의 햇살은 오렌지빛을 강하게 비춘다. 너는 그가 초대한 파티에 간 것이 아니다. 네가 티켓을 끊고 들어간 놀이동산에서 신나게 놀다 나온 것이다. 너의 사랑은 끝나지 않았다. 하나의 사랑이 가면 다음 사랑이 반드시 온다. 가거라. 움직여라.

하나. 이 책은 마음을 다하여 함께하고 싶은 이들이 있다. 성장을 멈춘 입사 10년차, 기울어진 운동장에서 시작하는 여성들, 퇴직에 대한 두려움으로 숨죽인 이들 그리고 MZ세대 젊은 꼰대에게 때로 다독이며 응원하나 시니컬하게 경고하고 냉정하게 일깨워 줄 것이다.

성장을 멈추고 평범함 속에 기댄 그대

누구에게 경고하는가? 스스로 장벽을 만들어 성장을 멈춰버린 당신이다. 아마 그대는 직장생활 10년 차가

넘었을 것이다. 혹시 입사 때의 꿈을 기억은 하는지. 그대의 꿈이 책상 한 켠에서 먼지가 켜켜이 앉은 채 여전히 그대를 정조준하고 있음을 느끼는가. 그대는 어느 순간부터 노력하지 않는다. 가족, 친구, 여행, 취미. 이 좋은 것들이 삶에서 더 중요하기 때문이다. 그러나 직면해야 한다. 그대는 꿈을 이룰 자신이 없어서 평범함 속으로 숨어버린 것이다. 당신은 그중 하나(one of them)의 삶을 계속 살 것인가.

기울어진 운동장에서 분노만 하는 그대

이 책은 다독이며 응원하나 그들에게 결코 친절하게 다가서진 않을 것이다. 그들은 누구인가? 기울어진 운동장에서 뛰어야 할 여성들이다. 이 사회에 살면서 지니고 있으면 혜택을 받을 수 있는 것들이 있다. 바로 학연, 혈연, 지연이다. 그러나 이것들은 오롯이 남성의 몫이다. 이 불합리한 차별에 분노하며 스스로 무너져버릴 것인가. 강하게 저항하며 버틸수록 옆에서 툭 건드리기만 해도 쓰러져버린다. 여성이라는 핸디캡이자 우월성을 가진 우리들 중 누군가는 성공한다. 신사임

당도, 잔 다르크도 아니다. 그대 자신으로 승부하라. 당신이 진정한 페미니스트가 되고 싶으면 자기 자신도 모르게 하라. 그리고 성공하라. 그러면 세상과 그 성공과정이 당신을 페미니스트의 자리로 데려가 줄 것이다.

입사보다 퇴사가 어려운 그대

이 책에서 가장 일깨우고 싶은 이들이 있다. 바로 입사보다 퇴사가 어려운 당신이다. 아낌없이 나의 청춘을 바쳤다고 생각하나, 남은 것은 번아웃(burn out)과 곧 닥칠 퇴직에 대한 막막함과 두려움뿐인 당신이다. 마치 죽음처럼 퇴직도 반드시 올 것이라 예견하지만, 자신만은 비켜나갈 거라 막연하게 생각하는 당신이다. 지금 미리 퇴직 이후의 삶을 걱정하며 준비하는 당신이다. 이 모든 당신은 생명력을 잃고 '지금, 여기' 현재를 살고 있지 못하다. 이번 항해가 성공했든, 좌절했든 또다시 바다를 그리워하며 죽을 때까지 배를 띄워야 한다. 당신이 당신 삶의 주인이니까.

젊은 꼰대로 자신 속에 갇혀 있는 그대

그리고 젊은 꼰대들, 그대들은 알아야 한다. 꼰대란 나이듦의 산물이 아니요, 사고의 경직성으로 새로움을 회피하는 삶의 나태함이다. 자신의 테두리에 갇혀 꼼짝을 하지 않는 MZ세대 친구들아. 미래는 말한다. 곧 노인의 삶을 살게 될 거라고. 그러니 끓는 냄비 속에 던져진 청개구리가 되어라. 과감히 탈출하라.

둘. 이 책은 철저한 하드코어(hard core) 직장인이었던 나의 30년간의 삶을 월요일부터 금요일까지 직장생활 하듯 정리한 심경 고백서이자 진술서이다.

월요일에 나는 무너졌다. 회사의 전화 한 통으로 30년간의 삶이 간단히 정리되었다. 허망함과 분노가 일었다. 그러나 동시에 드디어 끝났다는 안도감도 찾아왔다. 그날 밤, 도시를 도망치듯 빠져나오며 나는 물었다. 나의 선택들은 옳았는가? 더 잘할 수 있었던 방법은 없었는가? 붉은 뺨의 나의 그녀들을 과거로부터 강제 소환했다. 스물다섯, 서른다섯, 마흔다섯, 쉰셋의 그녀들을 불러내 한 명씩 추궁했다.

화요일, 서른다섯이 될 때까지 나는 아무것도 아니었다. 존재감도 없었으며 누구로 각인되기도 싫었다. 갑자기 커튼이 살짝 열렸고 나는 그 찰나의 순간을 놓치지 않았다. 곧 닫혀버릴 것을 알았기에 여성, 승진, 저항 이런 단어들의 무게감에 짓눌리면서도 나의 길을 만들어갔다. 아무도 닦아 놓지 않은 길이었기에 내가 길이 되었다. 사회에 엄연히 존재하는 편견들에 맞서 나의 삶과 태도, 가치관에 새로운 규칙들을 만들며 쉬지 않고 날개를 파닥였다. 대한민국 대기업의 여성 지사장이 되어버렸다. 그러나 나의 날개는 너무 무거워져 날고픈 용기도, 의지도 날개 속에 파묻혔다.

수요일, 위대함은 일상의 누적이다. 종교의식처럼 우리 일상에서 경건하게 치러야 할 것들을 지치지 않고 해내었다. 자기 삶을 조금이라도 더 좋게 만들 수 있는데 고통이라고 말할 수 있을까? 나는 시간을 고무줄처럼 지배했고, 결코 시간이 없어서 나의 것들이 흘러가게 두지 않았다. 내가 회사생활을 하며 미치도록 소유하고자 했던 것은 나의 나머지 일생을 관통할, 흔들리지 않는 그러면서도 제법 허세 있게 뽐낼 수 있는 가치관이었다. 이루었는가? 요원한 북극성인가?

목요일, 내면에 고집스럽게 들어찬 에고는 자신의 결핍을 채우려는 욕망이다. 이것을 비우고 빈 배가 되어 세상과 그리고 자신과 충돌하지 않고 유유히 나아갈 수 있을까? 살기 위하여 몸부림치니 파도가 일어나는 것이다. 완전히 채워보지 않은 사람은 갈망 속에 끝없이 허덕이므로 에고를 버릴 수도 없다. 자신의 삶을 마지막 한 숨까지도 태워야 한다. 비록 그 불꽃이 한 줌 바람 앞에도 훅 꺼질 것처럼 위태롭게 일렁일지라도. 그러나 극에 도달하면 불꽃은 정화된 푸른 빛을 발한다. 지키려 애쓴 이름 석 자를 놓아야 한다. 나는 아무것도 아니다. 그러기에 영원히 자유롭고 평화롭다.

금요일, 말러의 〈나는 세상에서 멀어지고〉를 들으며 등지고 걷고 있다. 누군가 나를 돌려세워 마주하면 놀랄 것이다. 나는 이빨이 마치 60개인 듯 모든 이를 활짝 드러내고 웃고 있기 때문이다. 이 세상에는 직장인만 있는 줄 알았다. 나는 더이상 뾰족한 8센티 구두와 찰랑한 검정색 슈트 그리고 적잖은 돈을 지불하는 비즈니스 점심은 못한다. 나의 이루지 못한 꿈아, 너를 거기에 남겨둔다. 쓸쓸해하지 마라. 또다시 누군가가 심장의 북소리를 울리며 다가올 것이다. 그때는 더욱 크게 울려다오. 나는 이제 문밖을 나서서 비로소 온전한 세상을 만난다. 겁먹은 당신에게 말해주고 싶다. 이 세상과 만나는 데에 너무 늦지 말기를.

셋. 이 책을 쓰며 가장 가슴 쓰리면서도 나를 남김없이 무장해제시킨 것은 바로 엄마라는 단어다. 이제는 너무나 노인이 되어버렸으나 세상 어떤 것도 자신의 방식으로 해석할 줄 아는 당당한 나의 엄마에게, 그리고 아직 번데기 껍질 속에서 나비로의 환골탈태를 위해 세포분열 중인 나의 아들에게 말하고 싶다. 내가 죽을 때 한 단어만 가져갈 수 있다면 엄마라는 단어를 선택할 것이라고.

차례

1일 ◇ 월

이별 통보

퇴직의 아쉬움, 당혹스러움, 의문점,
미래를 위한 과거 정리…
이별 통보는 마치 죽음을 연상시킨다.
언젠가 올 것이라 예견하지만 나만은 비켜나갈 것 같은
아무 준비 없는 상태에 불현듯 들이닥친다.

나의 사랑은 끝났는가

이별할 때 그 사랑의 성숙도가 나온다

허망함과 분노가 엄습했다. 그리고 또 하나 나는 분명히 느꼈다. 안도감이었다. 아, 이제는 더 이상 이 애끓는 사랑을 안 해도 되는구나. 무려 30년이었다. 이 오랜 사랑에, 어느 한순간도 그가 내 것임을 확신하지 못했다. 차가운 생존을 위해 몸을 부르르 떨어야 했던 이 잔인한 사랑이 끝나는구나. 지금까지 나를 너무나 사랑해준 연인과의 작별이다. 그러나 이 연인은 나를 얼마나 불안하게 했던가. 나의 연인은 사랑과 이별을 동시에 품고 있었다. 그의 눈길이 고왔던 것은 잠시였고 언제나 나보다 더 젊고 아름다운 이를 애타게 찾았다. 천하의 바람둥이였다. 나 역시 이런 연인에게 지쳐갔고 그에게 나의 매력이 다하고 있음을 느끼는 것이 참으로 속상하면서 짙은 겨울의 그것보다 더욱 서글펐다. 그는 나의 푸른 젊음과 붉은 뺨만을 사랑했나 보다.

목요일 오후 6시 30분, 휴대폰의 벨소리가 무척이나 강하게 울려 퍼졌다. 지금 당장 받지 않으면 문을 벌컥 열고 들이닥칠 것 같은 단호함이 배어 나왔다. 직감적으로 입에서 말이 툭 튀어나왔다. "왔구나." 연말 인사철이고, 나는 전국 지사장 중 최고참이고, 그리고 여성이고, 또 또 많은 것을 갖다 붙이며 기다렸다는 듯 태연하려 했는데 심장이 심하게 요동쳤다. "뭐야, 나는 이제 50대 초반을 갓 넘겼을 뿐이야. 상무보 승진을 빨리 했다고 이럴 수는 없지, 심지어 나는 여성이야."

아침부터 여러 소문이 전해져 왔다. 회사는 순이익을 높이기 위해 비용을 떨구어야 했고 그중 가장 손쉬운 것이 인건비였다. 일반 직원을 건드리기에는 노조와의 갈등이 상당하니 회사의 처분에 따를 수밖에 없는 임원급이 최우선 대상일 것이다. 아이러니하게도 여성이라는 것의 속절없는 수긍과 반사적 보호막의 이중성이 내 마음속에 확실하게 드러났다. 회사가 어떤 명분을 내세울 때, 사회적 소수자로 분류되는 이들이 먼저 위험을 알아차린다.

“재계약이 어렵겠습니다.” 전화는 인사담당 상무였다. 이후의 절차에 대한 설명과 함께 궁금한 걸 물어보라 한다. 회사생활 30년의 내 삶이 간단히 몇 분 만에 종결되었다. 나의 존재에 대한 부정이었다. 이 회사에 애당초 존재하지도 않았던 것처럼 삶이 완전히 분리된 느낌이었다. 내가 부장 시절 모시던 임원급 상사들도 무척이나 당혹해하며 아예 화를 내거나, 아무 말없이 사무실을 나가며 뒷 어깨의 들썩임을 보였다.

당시에 나 역시 안타깝게 우두커니 지켜만 보았지만 다음 날 부임할 새로운 상사 맞이가 회사에겐 더 시급한 일이었다. 회사는 언제나 기습적으로 인사발표를 하고 당사자는 하루 만에 모든 것을 정리해야 한다. 떠나는 이에 대해서는 그 어떤 기억도 필요치 않다. ‘어서 빨리 당신의 흔적을 지워주세요’만 요구할 뿐이다. 전

화기 저쪽 목소리는 제멋대로 홀로 흘러 다녔고 나는 그간의 모든 기억과 생각, 그리고 중력을 벗어나 내 주위의 사물과 시간들이 일소에 사라져버림을 경험했다. 그 순간 유일하게 실존한 단어는 오직 이것 하나였다.

여기까지구나.

Just enough.

어느 밤, 도망치듯 도시를 떠나다

고독감과 불안감이 클수록 삶의 불꽃은 화려하게 타오른다
축제는 아직 여흥 중인데도 모질게 뒤돌아보지 않는다

그날 새벽도 여느 날처럼 강변로를 따라 5킬로를 뛰었다. 늦가을 새벽 6시엔 어둠이 나무와 풀과 공기를 감싸고 있다. 그러나 여름의 여흥이 아직 남아 있어 어둠 속에도 메타세쿼이아의 넘실거리는 황금빛 풍요는 충분히 느낄 수 있다. 겨울이 되어도 메타세쿼이아는 그 잎을 무엇 하나 떨구지 않고 더 깊은 갈색으로 바꿔 위엄이 무엇인지 웅장하게 보여줄 것이다. 애정이 깊을수록 고독감 역시 크기에 너를 모른 척하며 살고 싶다고 나뭇결에 손을 갖다 대며 나직이 이별을 고했다.

나는 이 도시에서 봄, 여름, 가을, 겨울을 차례로 세 번을 보내는 중이었다. 올해로 지사장 7년 차로 최장수

급이며, 현장에서는 유일한 상무보 여성 지사장이다. '상상력, 호기심, 설레임' 나는 이 애들과 함께 아무도 가지 않은 길을 걸어왔다. 길을 알아야만 길을 찾아갈 수 있는 것은 아니었다. 어떤 여성 선배도 닦아 놓지 않은 길이었기에 내가 가면 길이 되었다. "그 길이 올곧아야 된다. 부끄럼 없어야 한다. 다음 밟을 누군가를 위해 희생해야 한다"는 사명감은 사치였다. 그저 길 위에 털썩 주저앉지 않기 위하여 안간힘을 쓸 뿐이었다. 여성으로서의 유니크함이 때로는 으쓱거리게 했지만 그 유니크함은 언제라도 부서질 수 있는 힘없는 개체에 불과하였다.

고독감과 불안감이 클수록 나의 축제의 불꽃은 화려하게 타올랐다. 46세, 이른 나이에 상무보에 승진하여 지사장 직책에 올랐다. 몇 년 후 나는 최고위급 임원이 될 줄 알았다. 상대적으로 나는 젊었고, 자신만만하였고, 더구나 현장을 지휘하는 여자였으니 구색이 맞다고 여겼다. 그러나 최근 3년 동안 나는 승진에서 누락되었다. 능력의 한계로 여기고 더 나은 성과를 내고자 노력했다. 하지만 다른 승진자의 면면을 보며 고위급 승진은 어떤 시스템에 속해야만 가능함을 알았다. 그 시스템의 실체는 분명 존재한다. 그러나 그 안을 들여다보면 생쥐마냥 모두 후다닥 달아나 버리고 또 어느새 지네처럼 스멀스멀 기어 나와 모인다.

의문과 좌절, 그리고 강한 분노가 치밀었다. 여성은 절대로 저 시스템에 정회원으로 들어갈 수 없다. 우리는 파이 한 조각만 받아내어도 흥분에 겨워한다. 나머지 파이는 돼지들이 두를 진주 목걸이다. 나는 운이 없었다는 말 뒤로 나의 감정을 감추어야만 했다. 고위직으로 갈수록 회사 시스템에 대한 불만은 최대의 약점으로 치부되어 자신도 모르는 사이에 한쪽 귀퉁이로 철저히 팽개쳐진다.

나는 연인의 애틋한 사랑이 나를 다시 부르기를 바라며 3년 전 이 도시로 발령받았다. 직원수와 매출, 가입자 규모가 가장 큰 지역으로 내심 나의 연인이 준비한 선물이라 여기며 나의 충정을 한껏 보여주리라 다짐하였다. 고속도로 휴게소의 한적한 새벽 모닝커피와 함께 이 낯선 도시에 들어섰다. 그리고 지금, 나는 야밤을 틈타 도주하는 것처럼 아무 눈에도 띄지 않게 한밤중 이 도시를 급작스레 떠난다. 밤새 분노하고 뒹굴면서 맞을 새벽은 결국 나의 처참한 패배일 것이기 때문이다. 내일 아침 밝은 햇살 아래라면 울컥함이 더하여 "내가 왜, 나의 무엇이 부족했나" 헛주먹질을 해댔을 것이다.

집으로 간다. 나는 그동안 집에게 많은 잘못을 하였다. 회사의 조직과 질서 속에 살아남고자 집이라는 존재를 얼마나 경시해왔는가. 나는 항상 떠날 준비가 되어 있는 손님처럼 집에 있어도 어색하고 서투르고 집안 어디에도 속하지 않았다. 이제 집으로 돌아간다. 그 속에 아직 따뜻한 것들이 뭉클뭉클 있겠지. 이미 늦었노라고 차갑게 식어 있지 않기를 간절히 바라는 나의 손은 너무나 바들거리며 운전대를 꽉 잡고 있다.

Never forgotten you.

고슴도치의 독과 가시를 뽑으려면

나의 과거에게서 조롱받고 싶지 않다

최선을 다해 살아왔는데 그 결과물이 나이듦과 퇴직이라니. 나는 지금 가시가 빠짝 선 독기 어린 고슴도치 같다. 다가서는 무엇이든 이 가시에 찔려 피를 철철 흘릴 것이다. 나는 이 독을 걷어내고 이 가시들을 다 뽑아야 한다. 그러지 않고서는 이 독이 스스로를 찔러 나를 버린 연인을 원망하고 때로는 그리움으로 늦은 밤 주차장에서 운전대에 머리를 박고 울게 할 것이다. 이 글을 다 마치고 나면, 가시가 뽑힌 나의 몸은 빨건 몸통을 드러내겠지. 그 생살 몸뚱아리를 부드러운 털로 감쌀 수 있을까. 다시 생명력 있는 몸으로 돌아올까.

가족 중 누구도, 심지어 나의 부모님조차도 나의 퇴직에 대하여 선뜻 말을 꺼내지 못한다. 도리어 그들의 눈빛에서, 기대를 저버린 또는 못 미친 나에 대한 실망감과 아쉬움을 읽어내었다. 나 역시 대학 입시에 떨어진 실력미달자 그 이상의 상실감이다. 나의 30년의 꿈과 젊음, 고뇌와 기쁨은 값어치 없는 것인 양 보자기에 구깃구깃 싸여서 내 방 한쪽에 허물어져 있다. 이럴 수는 없다. 이 보자기 속의 그 귀한 것들, 종교의식처럼 철저했던 나의 고유한 삶을 끄집어내어 펼쳐야 한다.

그래야 그간의 나의 수고로움과 명예로움으로 이제 숙제를 다 마쳐 꽉 찬 완전성을 인정받을 것이다. “정말 수고했어, 할 만큼 했네.” 그러나 이 보따리에는 천한 것과 퀘퀘한 것도 많다. 애써 감추어왔던 것들을 다시 마주할 용기를 내는 이유는 곧 아무 일 없이 이어질 고약한 일상이 이들을 지하실 저 깊은 곳으로 묻어버릴 것을 알기 때문이다. 그러다 어느 날 한밤중 뚜벅뚜벅 걸어 나와 나를 조롱할 것이다. “너는 잘 살았는가. 너의 선택들은 옳았는가. 더 잘할 수 있었던 방법은 없었는가." 내가 이 조롱에 당당히 답을 해야 나 자신에게 최소한의, 최후의 예우를 갖추는 것이라 생각한다.

안타까움인지 울분인지 뭔지 모를 것들이 가슴에 꽉 차 있는, 날것 그대로의 감정을 잊기 전에 나의 30년, 그날들의 일기를 복기한다. 사직하겠다는 말을 매일 입에 달고 다녔던 25세. 좌절과 즐거움을 구별할 줄 몰랐던, 남자들과의 지독한 경쟁 속의 35세. 상처라 불리는 힘의 꽃, 승진의 절정에서 여전사 같던 45세. 그리고 승리인지 패배인지 모를 애매한 50세. 과거의 그녀들은 아마도 사탕 같은 달달한 것보다는 칼에 베인 듯 섬뜩한 것을 더 많이 보여줄 것이다. 그녀들의 꽃으로 가리운 상처, 이네들을 다시 여기로 소환해야 한다는 게 정말 고통스럽다.

Be painful.

다시 바다를 향해 돛을 올릴 수 있을까

가짜 갑옷을 벗고 진짜를 찾자

항구에서 출항하는 배를 보라. 얼마나 생명력이 넘치는가. 나는 매년 신년회에서 직원들에게 "자, 이제 우리 배는 출항했습니다"라고 외쳤다. 나는 조직과 인생을 항해라고 생각한다. 우리는 힘차게 바다에 배를 띄우고 의욕적으로 항해를 시작한다. 선장은 선원들과 합심하여 저쪽 항구까지 무사히 도착해야 한다. 항해 도중 휘몰아치는 폭풍과 우글거리는 상어떼를 만난다. 온갖 불안, 공포, 위험을 선장과 선원들은 극복해야만 한다. 그렇게 목표한 항구에 드디어 도착한다. 아예 도착도 못 하고 바다에서 좌초된 배도 있다. 도착은 했는데 만신창이가 되어 다시는 바다로 못 나가는 상황도 있다. 또다시 다음 항해를 기꺼이 하고 싶어야 이번 항해에서 성공한 것이다. 선원 중 누군가는 다음 항해에 선장이 되어 조타키를 잡고 싶어 해야 한다. 이것이 조직이 목표로 하는 이상적 항해이다.

나는 항상 새로운 조직과 일 속으로 두려움 없이 뛰어들었다. 그렇게 30년을, 바다 밑에 검고 무섭게 도사리고 있는 리스크라는 큰 위협 속에서도 때로는 안개만 자욱할 때에도 휘황찬란하고, 왁자하게 수많은 배를 띄워 여러 항구를 거쳐 왔다. 이제는 아주 생경한, 한 번도 경험하지 못한 항구로 떠나야 하는데 아무런 준비도 못 했다. 겁이 덜컥 난다. 여기서 떠나지 못하고 주저하면 남은 인생 동안 부둣가를 맴돌며 출항하는 배들을 그저 쓸쓸히 바라만 보게 될 것이다. 이렇게 겁을 먹다니, 그간의 자신만만하고 기교 좋던 항해기술은 오직 회사 쪽 세상에만 유용한 것이었나. 나름 성공했다고 여겼던 것들이 이쪽 세상에 적응하고 살아가는 데는 아무 쓸모가 없는가.

'뛰어난 경쟁의식, 불같은 목표의식, 명징한 자의식' 이 애들이 그동안 나를 튼튼하게 감싸며 적들로부터 살아남게 했다. 그러나 이제는 오히려 방해꾼 같다. 이들이 완전한 존재였다면 어떤 세상에서도 어떤 상황에서도 유용해야 하나 다른 세상으로 떠나야 하는 나에게 이 갑옷은 너무 무겁고 고집스럽고 이기적이다. 이 애들은 나의 약점을 가장 잘 안다. 나의 정곡이 어딘지 알고 나를 가장 잔인하게 괴롭힌다. 이제 이 갑옷을 벗고 진짜인 나를 끄집어내야 한다.

바다는 항상 유혹적이다. 그 안에 무엇이 있는지 알고 싶으면 뛰어들라는 도발적이면서도 불안한 손짓을 한다. 이게 끝이 아니라면 또 넘어서야 한다. 또다시 항해를 나서야 한다. 바다를 그리워하는 순간 얼마나 무모한 자신감이 솟아나는가. 나는 떠나온 내 조직에 기억되고 싶지 않다. 그러나 나는 나와 나의 연인의 모습을 기억해야 한다. 나에게 있어 회사는 무엇이었나. '생계유지, 사회적 욕구 실현, 자아상 확립' 이런 틀에 박힌 것을 뛰어넘는 다른 것이었다. '날개'였다. 회사는 나에게 날개였다. 이 날개로 그 오랜 시간 더 숭고한 무엇을 갖추게 했다. 나의 나머지 인생을 온전히 살아낼 그 무엇을 갖추게 했다. 이 글을 완성할 때쯤이면 가슴 밑바닥에서부터 차고 올라오는 그것들이 실체를 드러낼 것이다.

Come on.

2일 ◇ 화

생존의 몸부림

나는 잔 다르크, 신사임당 둘 다 거부하며
나를 짓누르는 사회적 편견들에 맞서
새로운 규칙들을 만들어갔다.

역시 너는 여자라서 안 돼

남성, 학연, 혈연의 손에 든 깃발

아침, 출근하여 사무실로 들어서면 경쾌한 음악이 사무실 곳곳으로 퍼지고 있다. 아내의 따뜻한 배웅을 받고 나왔건 자녀의 성적 때문에 심각한 아침식사를 하고 나왔건, 첫 대면의 사무실은 온갖 가정사를 다 떨구어내고 새롭게 맞닿는 세상이므로 연출이 필요했고 나는 음악을 틀도록 했다. 때로는 신나게, 비 오는 날은 분위기 있는 노래로 출근이 얼마나 다행스러운 일이며 활력과 위로가 되는지 느끼게 해주고 싶었다.

한쪽에서는 여직원들이 모여 외국 어느 원산지의 질 좋은 모닝커피와 크로와상이며 아삭한 사과로 웃음소리가 자자하다. 너무나 그곳으로 가고 싶다. 갓 내린

커피의 향 속에서 아이들의 반항과 불편한 시댁 식구, 어젯밤 드라마 이야기를 나누며 같이 깔깔거리고 싶다. 나는 애써 그쪽을 외면한 채 나만의 공간, 지사장실로 들어선다. 독립된 공간에서 심리적 안정감을 되찾는다. 넓은 지사장실의 잘 짜여진 책상과 명패는 나를 짓누르기도 하고 다독이기도 하였다. "부러우면 지는 거야, 지금이 좀 더 근사하잖아." 그런 속삭임에도 불구하고 솔직히 나의 내면은 그들의 태연한 삶을 항상 곁눈질로 흠모하였다.

어느 날 한 여직원이 나에게 물었다. "지사장님은 부족한 게 없어 보여요. 꽃길만 걸으셨죠?" 순간 가슴 한켠이 내려앉는 것 같았다. 지금껏 감춰뒀던 비밀이 탄로 날까 애매하게 살짝 미소지으며 답했다. "그럴 리가…." 나는 여직원들에게 크고 위대하게 보이는 존재였고 세상 모든 시름 없이 자라 마치 나의 부모님이 이 지사장 명패를 준 듯 비춰졌으며, 직원들은 그렇게 믿는 것이 편한 것 같았다.

30세 때는 자다가도 일어나 떠오른 아이디어를 메모하며 어서 빨리 날이 밝아 출근하고 싶어 했다. 그러다 실적에 대한 강한 부담감을 느낄 나이와 위치가 되어서는 뜬눈으로 밤을 지샜다. 내가 자지 않으면 날이 밝지 않을 것만 같았다. 아침이 오는 게 두려웠다. 불면증은 이렇게 아주 오랫동안 나와 함께 밤을 나누어 가졌다. 늦은 밤과 새벽에 터지는 긴급상황은 휴대폰을 잠시도 품에서 떨어트리지 못하게 했다. 서울과 대전 출장과 회의 참석으로 새벽 다섯 시 기차를 타기 위해 깜깜한 도로에서 택시를 얼마나 기다렸는지. 바쁜 아침에 어린것을 차에 태워 물건 전하듯 친정에 부려놓고 동동거리며 뛰쳐나왔다. 각종 집안 대소사에 뒤처져서 연신 죄송하다는 말과 함께 고개를 숙였다. 나의 서투름과 실수가 드러나지 않도록 항상 초조하고 퀭한 눈으로 시름하던 나날의 연속이었다. 회사 일은 언제나 골든타임, 인타임을 외치며 시급성을 요구했고, 회사에서의 날카로운 심정을 나는 집에서 온몸으로 표출했다.

가족들은 이런 여유 없는 나의 삶을 이해해주는 듯하면서도 주기적으로 어김없이 강한 불만을 내비치며 여느 집 엄마, 아내, 딸의 가정적 선행을 되새겨주었다. 나의 삶은 놀이터의 시소처럼 결코 평균점을 잡을 수 없는 처지였다.

출근길에 간절하게 기도했다. "신이여, 오늘 하루 저에게 지혜와 용기를 주옵소서." 나의 판단에 의해 한 조직이 움직이기 때문에 나는 각종 의사결정의 최정점에서 때로는 신중하고 때로는 과감해야 했다. 내가 조금만 실수하면 "역시 여자라서 안 돼.", 남자들보다 퍼포먼스가 뛰어나면 "여자라서 독하다." 이런 반응 속에서 이를 악물고 곡예를 부려야 했다. 이 곡예는 애초에 기울어진 운동장에서 벌어지는 것이니 균형을 잡기는커녕 항상 비틀거릴 수밖에 없었다. '남성, 학연, 혈연' 이 세 가지는 보이지 않는 큰손이 아니라 보이고 싶어 자랑스럽게 휘날리는 깃발이었다.

남성이 전제조건이다. 남성이면서 출신학교, 남성이면

서 고향이 어딘지 이렇게 이어진다. 남성들은 태어나면서부터 신의 선물이 한 손에 쥐어졌다. 이 선물은 주머니 안쪽에 단단하게 자리 잡고 있어, 유리한 상황을 위해 언제나 선물상자를 활짝 열 수 있었다. "써도 써도 줄지 않는 상자, 도대체 신의 의도는 무엇인가. 저들이 그냥 세상에 나가면 도저히 승산이 없으니 이렇게 선물을 한 보따리 안겨주었나. 신이여 당신의 그 선한 생각이 이 세상을 지극히 악하게 만들었습니다. 이제 그만하소서."

비교적 젊은 나이부터 간부를 하다 보니 나보다 한참이나 나이 많은 직원들을 두었다. 한때 나의 선배였던 분들이 내 밑에 있는 상황도 다반사였다. 그리고 여성 선후배와 동기들의 달갑지 않은 시선도 많았다. 이 시선은 내가 위치를 확실히 다르게 뛰어넘고 나니 존중과 감탄으로 바뀌었다. 이런 것을 극복하고자 제일 노력했던 것은 나 스스로 성에 대한 정체성에서 벗어나는 것이었다. 대화 속에서 결코 여성, 페미니즘 이런 뉘앙스가 풍기지 않아야 했다. 간부직 여성의 숫자가 절대적으로 적은 상황에서 모임을 만든다는 것은 전혀 도움이 안 되었다. 도리어 소수자로서의 특별 대우와 보호를 원한다고 표명할 뿐이다.

남자들보다 몇 배의 시간을 쏟아부어야 겨우 비슷한 대접을 받았다. 상사의 칭찬이나 회사에서의 인정이 주어질 때면 어김없이 비아냥도 함께 왔다. "맞벌이 하니 생활은 편하겠네. 애들은 누가 돌봐주나." 가족을 특히 애를 강조하는 게 여자를 누를 수 있는 비겁한 수단이었다. 애들을 내세워야 사회생활을 하는 여성의 가장 취약한 부분을 건드려서 반응을 끌어낼 수 있음을 그들은 알고 있다. 나를 끌어내어 애가 애처롭게 기다리는 집으로 돌아가게끔 해야 했다.

Sorry, boys.

다른 규칙이 적용되는 세계로 가야 한다

신사임당과 잔 다르크, 둘 다 거부하다

차장급 승진 인사 발표날 부장님은 나를 불러 미리 축하 인사를 하시며 저녁 승진 회식 자리를 나보고 잡으라고 했다. 나는 당시 부서의 막내였으니 이 일을 누가 대신해줄 수도 없었다. 1시간 후 문서발표가 났다. 내 이름이 없었다. 대신 내 앞자리의 나보다 열 살 많은 선배가 승진했다. 그날 저녁, 나를 위해 내가 잡은 장소에서 선배의 승진 술자리가 거나하게 펼쳐졌다. 선배는 미리 소문을 듣고 본부장을 찾아가 무릎 꿇고 빌었다고 한다. 나이가 있는데 한 번만 살려달라고. 그 후 선배는 정말 나이 때문에 차장을 끝으로 더 이상 승진하지 못하고 회사생활을 마감하였다. 한참 어린 여자 후배에게 밀린다는 게 얼마나 수치스러웠을까. 그러니 무릎 꿇는 게 뭐 대수였겠는가.

나는 회식 자리에서 티를 내지 않기 위해 큰소리로 흥을 돋우었지만 억울했다. 부서에 새로 맡겨지는 일은 내 몫이었다. 선배들은 자신의 익숙한 업무 외에는 다른 일을 맡고 싶어 하지 않았다. 나는 새로운 것을 하는 것이 재미있었다. 저절로 명랑해졌고, 성장하고 있다는 성취감을 느끼는 것이 좋았다. 나는 촘촘하게 업무를 검토하여 필요 없는 프로세스는 제거하고 새로운 프로세스를 생성하여 업무의 효율성을 높이는 데 중점을 두었다. 나는 또 성실함과 시간의 양으로 승부했다. 주말에 사무실에 나와 각종 보고서를 검토, 작성하고 좋은 기획서를 훑어보며 기획력을 쌓아갔다. 업무의 양이 엄청 쌓이면서 나의 업무 결과는 질적으로도 향상되어갔다.

대부분의 CEO의 핵심가치에 주인의식은 항상 포함되어 있다. 그러나 직원들은 이 주인의식이라는 단어에 전혀 수긍할 수 없으니 생경할 따름이다. 단어가 주는 압박감과 진중함 때문에 차라리 가지지 못할 바에야 회사와 일정한 거리를 유지하며 안전지대에 머물기를 원한다. 직원들은 적당한 승진, 적당한 보수, 적당한 평가와 더불어 워라밸을 내세워 스스로가 마치 적당함을 선택한 양 타협하고 용인한다.

그들이 정말로 원하는 것은 뛰어난 평가를 받는 것보다 뒤처지는 평가를 받지 않는 것이다. 연말 인사 평가의 상위 고과는 아주 일부뿐이므로 대부분은 평균에 속하고 그 밑의 하위 고과에 두려움을 느낀다. 하위 고과는 능력 미흡을 넘어 업무 재배치, 부서 간 이동, 급여의 상대적 박탈감을 의미한다. 직원 중에는 능력에 비해 승진 욕구가 강한 이들이 많다. 이런 이들이 연말 인사 시기에 상당한 내외적 긴장감을 유발하며 트러블을 일으킨다. 나는 연초 인사평가 방침의 큰 원칙을 발표할 때 반드시 강조했다.

"결과의 평등은 결코 바람직하지 못합니다. 결과의 평등은 자신이 좋은 고과를 못 받으니 동료도 같이 못 받아야 한다는 것입니다. 이런 결과의 평등을 바라는 조직은 하향 평준화의 지름길입니다. 대신 기회의 평등이 여러분 앞에 있습니다. 서로 최상위의 평가를 받기 위해 노력해주십시오." 사실 나는 그 기회의 평등 속 열등감에 너무나 짓눌렸기에 이를 실현하는 것이 직책자로서의 나의 사명감으로 어느덧 자리 잡았다.

패한 자에게 정말로 견디기 힘든 일은 승진발표 후의 날들이다. 승진은 전쟁이다. 비굴하게 승리해도 모든 게 승자의 몫이다. 나이 어린 나를 시기하던 주변의 남직원들은 떼 지어 담배를 피워대며 내가 떨어질 수밖에 없는 온갖 이유를 나열해대었다. 남자들의 담배 세계는 남자라면 누구나 속해야 할 것 같은, 각종 정보와 루머의 온상이었다. 부서장이 담배를 피우러 나가면 그 부서원들이 우루루 따라 나간다. 혼자 뒤에 남은 여직원조차도 그 자리에 따라가야만 할 것 같은 직장 내 엄연히 존재하는 문화코드다.

나는 누구에게 하소연 한마디 할 수 있는 형편이 안 되었다. 당시는 여성 간부가 거의 없었으며 동료 여직원의 격려는 엄두도 못 내었다. 사무실 문을 열기가 너무 두려웠다. 들어서는 순간 내게 확 쏟아질 무시와 득의의 시선들이 그 안에서 기다리고 있어서다. "거 봐, 까불지 말고 조용히 있어, 너는 안 돼." 승진 전후의 소용돌이가 잠잠해지려면 3~4개월은 지나야 했다. 그 시간 동안 나는 아무 일 없는 듯 더욱 씩씩하게 행동했다. 그래야 내년에는 내 차례니까. 질질 울고 하소연하며 돌아다니고 그러면 안 되었다. 대범하게 보여야 했다. 아니 여자처럼 보이면 안 되었다.

나는 신사임당 같다는 말은 결코 들어본 적 없으며 잔 다르크라 불리는 것 역시 저항감이 너무나 컸다. 여장부, 잔 다르크 이런 말들은 앞에서 추켜세우는 듯하나, 내면의 언어는 센 여성에 대한 강한 거부감을 돌려 표현하는 것이다. 착각해서는 안 된다.

출근길 사무실을 못 들어가 몇 번이나 계단에 숨어 발끝을 꾹꾹 누르며 눈물을 참았다. "너희들 속에 찌질

이들은 분명 있다. 어제 너희들끼리 떠들썩 마셨던 뒷담화의 술들은 동지애를 강화시킨 게 아니라 너희들 속에 야금야금 균열의 금이 가게 한 걸 알아야 해. 늦은 출근에 벌건 눈, 어젯밤 안주가 묻은 꾸겨진 와이셔츠, 피곤함에 슬쩍 자리를 뜨고, 누군가는 어젯밤 얘기들을 상사에게 흘리면서 너희들은 소리 없이 무너지고 있어."

나를 누르는 이 조건들을 넘어서 다른 규칙이 적용되는 세계를 강하게 열망했다.

No, 잔 다르크.

동정심이 살아남는 길이다

나도 언젠가 동정심에 의지할 날이 올 것이란 불안한 예감

입사하여 얼마 후 한 선배님이 신입사원인 나에게 조언을 해주셨다. "직장에서 오래 살아남기 위하여 진짜 중요한 것은 동정심이야." 나는 그 자리에서 거의 웃을 뻔하였다. 그러나 그분은 진심이었다. 그때 그분의 나이가 40대 중반이었다. 입사하여 사무실에서 볼 수 있는 가장 동경의 대상은 차장급이었다. 차장부터 직책을 맡고 팀장의 보직을 받을 수 있다. 그 이상은 꿈도 꿀 수 없었다.

그때 그분은 아직 과장급이었고 중요하지는 않으나 누군가는 해야 할 피곤해 보이는 일들을 맡고 있었다. 그리고 또 다른 조언도 주셨다. "결혼생활에는 돈이 중

요하다. 사랑만으로는 살아가기가 힘들다." 나는 쌩하게 돌아서며 나왔다. 이제 시작하는 나에게 동정심으로 살아남으라니 이게 뭔 말인가, 더구나 사랑이 아닌 돈을 보고 결혼하라니, 결혼의 순수성을 훼손하는 것 같아 정말 황당하였다.

나는 자신 있었다. 동정심이 아닌 능력으로 승부해야 올바른 것이라 생각했다. 그리고 동정심이란 단어는 패배감, 모욕감, 실패자의 느낌이 너무 강했다. 이런 식의 동정심에 의지하는 것은 자존감이 너무 상한다고 생각했다. 그리고 나는 결혼에 대한 이상도 높았다. 아무리 가난해도 사랑하는 사람과 산다면 평생이 행복할 것 같았다. '왕후의 밥, 걸인의 찬', 나는 내 삶이 극적이기를 바라는 면이 한켠에 있었기에 이런 가난한 사랑을 더 로맨틱하다고 여기는 철부지였다. 그때 벌써 내 동기들은 좋은 조건의 미팅을 매주 나가곤 했다. 참 시시하게 보였다. 나는 자신의 자유의지로 선택하는 삶을 고집하는 자의식이 강한 아이였다.

이후 나는 몇 번의 명예퇴직 상황에 봉착했다. 직원들을 설득하여 명예퇴직서를 쓰게 해야 했다. 명예퇴직 때는 온갖 공포스런 소문과 분위기가 난무한다. 사회적 변화와 회사의 재무구조 측면에서 나이, 효율성 등을 고려해 고임금 직원들이 대상자에 속했다. 그러나 이런 분들은 대부분 자녀들의 대학 학자금, 결혼 준비 등으로 경제력이 정말 필요한 시기에 있었다. 아예 퇴임이 임박한 직원들은 이런 문제에서 비켜나 있으나, 회사가 돈을 더 들여야 할 명예퇴직 대상자는 아니었다. 나는 상담을 하며 명예퇴직의 이점을 들어 대상자들을 설득시키려 하였지만 이들은 눈물과 호소와 버티기로 나를 되레 설득시켰다.

이런 과정에서 정작 회사가 남아주기를 바라거나 필요한 직원들이 퇴직하는 사례가 많았다. 나는 동정심이란 것이 직장생활에서 큰 역할을 함을 확실히 알았다. 동정심을 일으키는 직원들은 성실한 사람들이었다. 예전 그 선배도 남들이 하기 싫은 업무를 군소리 없이 묵묵히 해내고 있었다. 동정심이란 단순히 측은지심으로

도와주는 것이 아니라 평소 행동으로 자신을 도와주고 싶게끔 유발시킨 자연스런 결과이다.

나는 신입사원 때 그 선배의 조언을 나약하고 보잘것없는 것으로 치부하며 돌아섰지만 직장생활 내내 그 동정심이란 단어가 머릿속을 떠나지 않았다. 내 성향과는 정말 거리감 있는데 왜 이렇게 깊숙이 각인되었을까. 그건 아마도 비웃었지만 어쩌면 사실일지도 모른다는 의구심 때문일 것이다. 그리고 언젠가는 나도 이 동정심에 의지할 날이 오지 않을까 불안하였다. 선배님 몇 분이 나를 안쓰러워하고 다독여주셨다. 내가 혼자서 싸운다고 생각해 씩씩거리고 좌절할 때마다 손을 내밀어주었다.

"너무 애쓰지 마라. 무엇보다 마인드 컨트롤이 중요하다. 감정이 너를 잡아먹지 않도록 해라." 그러나 나에게는 그런 충고가 마음에 그렇게 와닿지 않았다. 나는 실질적인 충고, 회사에서 인정받기 위한 필살기 이런 게 필요했다. 그때는 회사의 시스템을 잘 몰랐다. 그냥 나만 열심히 하면 인정받고 승진할 줄 알았다. 점점 아닌 것을 알아갈 즈음 좌절과 실패를 거듭하니 나는 옅게나마 동정심을 받기 시작했다. 나의 승진단계에서 제일 어려웠던 시기가 차장급을 달 때였다. 여자 간부가 거의 없던 시기였으니 나의 승진에 회사는 부담스러워 했다. 몇 번의 고배를 마시고 특별승진의 기회를 잡아야만 내 차례가 올 수 있었다.

나는 아직도 차장급 승진심사 때의 인터뷰를 기억한다. 어떤 관리자가 되고 싶냐는 질문이었다. "저는 경영자가 될 것입니다. 밀림 속에서 직원들을 이끌다 길을 잃었을 때, 관리자는 앞장서서 밀림을 헤치며 길을 찾아 직원들을 열심히 리드하지만 정작 도달한 곳은 벼랑 끝일 수 있습니다. 그러나 경영자라면 큰 나무 위에 올라가 전체를 조망한 후 제대로 된 길을 찾아 직원들에게 정확한 방향을 제시할 것입니다. 관리자가 열심히 하는 것에 초점을 둔다면 경영자는 효율적으로 하는 것에 중점을 둡니다."

꽤나 똑똑한 답변으로 나는 승진하였다. 그러나 돌이켜보면 계속되는 나의 탈락의 아픔을 헤아려준 동정심이 결정적 힘이었음을 알 수 있다.

Sympathy never weak.

마지막 관문 앞에 서다

더 나은 사람이 아니라 더 대접받는 사람

직원들의 존경과 사랑 속에서 조직에서 인정받고 싶다. 이것은 나의 과욕이었나. 직원의 인정과 조직의 인정, 이 두 개의 세계에서 함께 성공할 수는 없는 것일까? 내가 퇴직하더라도 나의 인생에 끝까지 남는 것은 무엇일까? 직원들이 나를 기억해줄까? 생각해보았다. 돌이켜 보면 내가 속했던 조직의 대단했던 윗분들을 나는 아직 기억하고 그리워하는가? 그렇지 않다. 심지어 불과 얼마 전임에도 불구하고 그가 어떠했는지조차 기억이 가물가물하다.

그러면 회사에서 받은 인정은 회사를 떠났을 때 어떤 영향을 미치는가 보자. 지사장으로 퇴직하든 평직원으로 퇴직하든 친구들에게, 마트직원에게, 은행직원에게 그것은 누구에게도 아무런 의미가 없다. 정말 중요한 것은 나에게 회사가 어떻게 각인되어 있는가이다. 결국 남는 것은 내가 회사를 얼마나 사랑했는가와 나라는 인간을 키우고 성장시킨 전체로서의 회사에 대한 인식이다.

나는 회사관이 투철했다. 회사생활 자체를 대단하게 여겼으며 회사인이라는 것이 자랑스러웠다. 대학 다닐 때 토익, 토플의 고득점을 취득하고자 열심히 공부했다. 사회에서 살아가는 데 고득점의 영어가 필요할까, 문득 의문이 들었다. 그때 나는 나를 타일렀다. 영어는 사회와 회사생활에 그다지 쓰이지 않을 것이다. 그러나 내가 대학생활을 나태하게 보내지 않았고 준비한 사람이라는 것을 무엇으로 증명하겠는가. 이것이 나의 성실성과 준비성을 보여주는 객관적 지표가 될 것임을 나에게 설득시켰다. 이렇듯 나의 회사인 생활은 사회화와 맞물려 있다.

나는 사회 일원으로서의 규칙과 규범을 회사의 질서 속에서 배워나갔으며 그 과정에서 나의 자아상을 형성하고 좋은 방향으로 성숙시키고자 노력해왔다. 주위에 직장생활을 해보지 않은 사람들과 대화해보면 조직생활에서 오는 인내, 절제심, 성취욕이 직장인의 것들과는 다르다. 직장인은 다양한 인간관계 속에서의 태도, 근본적 인간자질, 시절에 맞는 승진운 등 여러 복합적 요소들이 크게 작용한다. 이렇듯 나의 통제 밖의 요소들 때문에 어렵다. 쉬우면 도전의욕도 사라진다. 어렵기 때문에 계속 욕심과 욕망을 거듭하며 직장인은 앞으로 나아간다.

준비된 사회인으로 회사에 다녔건만 나는 정작 사회에 기여한 게 있나? 확실한 것은 내가 병원에 다니는 횟수에 비해 내 월급의 기본공제에서 건강보험료는 상당했다. 그러나 나는 이것에는 불만이 없었다. 나의 월급으로 사회적 약자를 지원함으로써, 사회적 부의 불균형에 조금이라도 보탬이 된다면 만족스러웠다.

이런 것 외에 나의 사회에서의 그리고 회사에서의 정체성에 내세울 것이 없다는 생각이 들었다. 오랜 세월을 보내며 남은 노회함이 문득 보였다. 노회함에는 시간 속에 쌓인 고집과 허무함이 묻어 있다. 더 이상 새롭게 보지도 않고 다른 시도도 하지 않으며 그동안의 경험치로 다 안다는 듯한 태도이다. 회사에서는 여기까지라는 한계를 느끼며 어떻게 해야 나의 회사관과 자존심을 지키면서 회사에서 빠져나올 수 있을지 고민이 깊어졌다.

나는 조직의 마지막 관문 앞에 멈춰 섰다. 그간 숱한 장벽을 만나면서도 나는 자신 있게 장애를 잘 뚫었고 잘 올라타고 왔다고 여겼다. 내가 지금까지 열고 들어갔던 문들은 나를 더 나은 인간으로 만든 것은 아니었으나 더 대접받는 인간이 되게 하였으며 그 달콤함에 욕심과 욕망은 계속 커졌다. 그러나 이제 마지막 장벽 앞에서 드디어 알아차렸다. 지금까지 내가 장애를 헤치고 온 듯하나 사실은 장벽들이 스스로 문을 열어주었음을. 이제 그 문은 열리지 않을 것이고 여기까지임을. 인정하기 괴로웠지만 그동안 거쳐온 시간들을 다시 되새겨 보니 내가 어리석게도 오해하고 있었음을 깨달았다.

여지껏 많은 불합리함을 이겨내고 쟁취했다고 생각했으나 사실은 회사가 나를 봐준 것이었다. 내가 능력이 있고 경쟁에서 이겼기 때문이 아니었다. 나는 진실에 가까운 이것에 직면하며 내가 이루었다는 자만이 손안에 쥔 모래처럼 손가락 사이로 빠져나가는 것을 지켜보았다. 아무 조치를 취하고 싶지 않았다. 심지어 너무나 가볍고 쓸모없는 이 모래가 더 이상 내 손안에 남아있지 않기를 바랐다.

Go away.

일생을 지배할 중요한 것이 꿈틀대다, 20대

우연인 것 같으나, 나의 선택들이었다

나에게 20대의 삶이란 나의 나머지 전 생애에 걸쳐 막대한 영향을 미칠 중요한 선택의 시간이었다. 그 속에 빠져 있는 당사자에게는 무수한 선택이 둥둥 떠다녀도 무엇에 손을 대야 할지 확신이 서지 않는다. 스스로의 선택에 대한 결과에 자신이 없으니 소심한 겁쟁이가 되어 가장 만만한 것을 덥석 잡는다. 심지어 운명을 갖다 붙이며 옹졸한 자신을 변호한다.

입사 초기에는 오직 자신에게만 초점을 맞추어 내 일만 잘하면 되었다. 회사에서도 중책을 맡기지 않았으며 직장 내 대인관계의 대부분은 생글거림으로 해결되었다. 그때의 고민은 좀 더 나은 사람, 좀 더 나은 직장인이 되어 회사에서 성공하는 것이었다. 사실 성공이 무엇을 의미하는지도 모른 채, 승진하고 밑에 직원들을 부리는 것이 대단하게 보였고 부러웠다.

내가 좀 더 괜찮은 사람이 되려면 어찌해야 되는가? 나는 책을 많이 읽었다. 특히 두텁고 읽기가 조금 까다로운 책을 선호했다. 자기계발서는 읽기가 쉽다. 읽는 동안에 자극적인 동기부여가 실천 방법으로 제공되므로 읽는 도중 책의 내용대로 바로 실천하고픈 의욕이 생긴다. 주로 당장 효과를 내는 적극적 태도, 성격개발, 전략적 사고 등에 대한 기법들이다. 아쉽게도 이런 것은 응급처치식 대응방안으로 일주일 이상 지속하기 힘들다.

그러나 아주 어렵게 밑줄 긋고 메모하며 읽는 책은 시간은 오래 걸렸으나 나를 참을성 있게 지도해주는 스승이었다. 그중 세븐 헤빗(『성공하는 사람들의 7가지 습관』)은 그때나 지금이나 나의 너무나 위대한 선생님이다. 그분은 나를 나무라거나 질책하지 않으셨다. 30년을 나를 지켜보는 조용한 시선으로 함께했다. 나는 직장에서 인간적으로나 업무적으로 침울해질 때면 책장을 펼쳤고 나의 스티븐 코비 선생님은 당신이 직접 삶에서 실천하고 적용하신 내용들로 지도해주시며 격려해주셨다. 선생님은 외적 성격보다는 내적 성향, 올바른 가치관에 의한 자기 내면으로부터의 승리를 먼저 가르치셨다.

사물을 과거와 다르게 보기만 해도 변화는 자연스럽게 나타난다. 작은 성공은 외적 태도만 바꾸어도 성취한다. 그러나 큰 변화를 원한다면 자신이 가진 기본적인 패러다임을 바꾸어야 한다. '언행일치, 겸손, 정의, 용기'를 갖추었는가. 앞으로 인생에서 마주칠 여러 위기 상황에서 나의 내면적 동기와 의도가 드러난다. 그때까지 버리지 못했다면 나의 불량한 성품이 아주 큰 소리로 나를 대변해주므로 내가 아무리 올바른 주장을 해도 상대방은 나의 말에 귀를 기울이지 않는다. 내가 감정적으로 의존적인 사람이라면 스스로에 대한 가치 및 안정감이 상대방의 견해로부터 나오게 될 것이다.

나 자신의 가치는 상대방에게 사랑받거나 대접받는 것이 아니라 나의 내부로부터 인정받는 것이다.

인생을 살아가면서 자신도 스스로를 믿지 못하는데 다른 사람이 우리 자신을 믿어주면, 우리 인생은 얼마나 크나큰 영향을 받겠는가. 나의 스티븐 코비 선생님은 나를 믿고 기다려주셨다. 비록 삐뚤삐뚤 흔들려도 다시 중심으로, 바른 삶의 원칙으로 돌아오도록 바로잡아주셨다. 나와 함께 나이 들어가는 이 책의 낡은 표지를 손바닥으로 쓱 쓸어낼 때의 감촉 속에는 날뛰던 나의 젊음이 들어 있다.

대학 4년을 숨막히게 보냈다. 내가 나를 그렇게 만들었다. 이 시기는 즐거우면 안 된다는 강박관념을 가지고 삶 속에 감추어진 비밀과 진리를 찾으며 무거운 시간을 보냈다. 고등학생부터 대학 입학까지 어두운 내면세계를 통과해오면서 나의 진로는 엉망이 되어버렸다. 내가 망쳤다는 죄책감으로 앞으로의 삶에, 더 이상 나의 의지를 믿지 못하였다. 대학 입학을 하며 기독교를 접했다. 나는 어려서부터 엄마 방식의 불교에 대한 반발심으로 종교에 상당히 부정적이었다. 엄마 몰래 교회를 다니며 처음 가져보는 성인으로서의 주체성이라 여겨 더 심취하였다. 그즈음 대학생이 누릴 수 있는 여러 흥밋거리를 완전히 배제하고 심오한 얼굴로 나는 진리를 탐구하는 사람임을 온몸으로 표출하였다.

이후 나의 교회생활은 대학 3학년 여름에 끝났다. 내가 다니던 교회에서 큰 사고가 났고 교인들은 사분오열 흩어졌다. 그때 접했던 많은 분들은 참으로 신실하였다. 거의 모든 삶이 교회 중심으로 이루어져, 교회 주위에 모여 살면서 교인들과 교류하고 교회 일을 하며 평생을 그렇게 살아갈 것처럼 보였다. 서로의 가정사부터 결혼과 직업이 얼기설기 엮여서 울타리를 형성하고 있었다. 그러나 그 속에는 신앙심의 우열 이상의 미묘한 잣대가 서로를 재단하고 있었다. 구원에 대한 그들만의 독선과 모순으로 세상에는 한없는 선량함을 내비치나, 내면은 신과의 직접거래만이 주 목적으로 보였다.

대학 4학년 때 진로를 고민했다. 사회에 이제 첫발을 내딛는데 나는 과거의 실수를 만회하고자 이번만은 제대로 된 선택을 해야만 했다. 남다르게 시작하고 싶었다. 그러나 자신이 없었다. 이렇게 자신 없는 사람이 다 가설 수 있는 곳은 공무원이나 공사이다. 이쪽이 대기업에 비해 화려하지는 않으나 그럼에도 좀 공평할 것 같았다. 그러나 여지없이 나의 청개구리 성질이 발동하였다. 전공과는 완전히 거리가 먼 언론사에 입사하고자 관련 공부와 시험준비를 했다. 기자라는 직업이 부조화에 맞서는 나의 내면의 성향을 대변해줄 것 같았다.

당시의 나에게 직장이란 삶 그 자체였다. 직장을 자기실현의 장이 아닌 삶을 살아가는 경제적 수단으로 보는 것에 냉담한 시선을 보낼 만큼 직장관이 뚜렷했다. 나의 영혼을 쏟을 직장이어야 했다. 나는 서울로 여러 번 시험을 치러 갔다. 중학교 하나를 통째로 빌려 치러지는 어마어마한 경쟁률 속에서 여섯 번이나 떨어졌다. 1년을 더 도전하겠다고 부모님께 말씀드렸다. 부모님은 장녀의 이런 모습에 불안과 불만을 가지셨지만 나를 꺾을 수는 없었다.

인생은 우연의 연속인지 아니면 준비된 것들이 예정된 시간에 맞추어 하나씩 펼쳐지는지, 어느 날 집에 친구가 찾아왔다. 다음 날 나는 그 친구가 입사 준비를 하는 곳으로 지원서를 제출했다. 그날은 지원 마감날이라서 지하철 사진관에서 즉석 사진을 찍었다. 아버지의 부탁이었다. 이번 시험을 보고 다시 언론사 공부를 하면 어떻겠냐는 아버지의 불쌍한 얼굴 때문이었다. 그렇게 나는 시험에 합격했다. 언론사 시험을 치르고 나면 거의 절망적으로 시험장소를 벗어났는데 그때의 공부와 경험들이 시험에 유효하였다.

그러나 입사 때부터 마음은 언제나 떠날 준비를 하고 있었다. 나의 삶에 언론사를 향한 사명감이 여전히 도사리고 있어, 입사 초반 직장생활은 심드렁 그 자체였다. 그만두는 날짜를 가슴에 품고 회사도 부모님도 나에게 기대를 가지게 하지 않았다. 나의 이런 계획은 또 깨어졌다. 집안의 경제를 전적으로 내가 책임져야 하는 상황에서 나는 결혼을 결심했다. 언론사 입사와 버금가는 삶의 전환이 필요했고 그 기저에는 부모님에게서 완전히 벗어나고 싶다는 지겨움이 있었었다. 아무도 건드리지 못할 나의 뚜렷한 독립 세계는 결혼이라 여겼다.

나의 반항적 자의식은 어렸을 적 환경, 특히 부모님의 영향이 컸다. 아버지, 어머니는 어려서부터 궁핍에 대한 열등감을 심어주었다. 안정적인 직장을 자발적으로 나온 아버지의 잇달은 사업실패로 친척집을 전전해야 했던 어린 시절, 엄마는 부처님을 찾고 기도로써 모든 것을 해결하고자 했다. 무릇 종교인이 그렇듯, 특히 엄마 방식의 불교는 매사에 경계를 요했으며 어린 마음에 신의 축복과 자비보다는 신의 벌이라는 두려움을 먼저 심어주었다. 엄마의 신앙심이 점점 깊어가는 것과 아버지의 잇달은 사업실패는 무엇이 선인지 후인지 모르게 서로를 꽉 잡고 놓아주지 않았다. 엄마 말이 맞다는 것을 언젠가는 증명해내려는 듯 여전히 엄마는 전 생애를 종교에 바치고 있었다. 나는 나를 짓누르는 이런 환경을 탈출해야 했다.

그렇게 나는 결혼식 내내 웃으면서 이 시간 이후의 자유로움과 경쾌함, 분방함을 어서 빨리 만나고 싶어 했다. 착각이었다. 예전의 책임감은 여전했으며 또 다른 책임과 의무가 더해져 내가 꿈꾸었던 독립적인 세계는 어느새 저만큼 뒤로 물러나 버렸다. 곧 아이가 생겼다. 내가 언론사에 꿈이 있었다는 사실조차 잊어버렸다.

대학생일 때 나는 20대가 영원할 것 같아 초조하였다. 무엇 하나 뚜렷한 게 없었으니까. 그러나 그 속에는 이미 인생을 결정지을 중요한 것들이 끊임없이 꿈틀거리고 있었다. 내게 우연히 다가온 것 같으나 그것들은 하나하나 나의 선택이었다. 이후의 삶은 20대에 일어난 사건들을 얼마나 잘 수습하고 완성시켜나

가느냐로 관철되어졌다.

I choose.

나를 제약하는 규칙들을 뛰어넘다, 30대

날개를 크고 강하게 키워라

30대의 나는 이대로 평범해지느냐 아니면 다른 삶에 대한 힘과 의지를 발휘하느냐의 중요한 기로에 있었다. 앞으로 회사에서의 방향성과 자신에 대한 정체성을 뚜렷하게 세우지 못하면 회사에 대하여 큰 불만도, 큰 희망도 없이 그저 가정 경제에 한몫하며 애를 잘 키우는 것에 자족하는 여직원이 될 것이었다.

주말을 지내고 나면 가족들과 무엇을 먹었고 어디를 다녀왔는지의 얘깃거리로 회사의 소소한 스트레스는 넘기면서 다가올 주말 소확행을 벌써 계획하리라. 내게는 이런 삶이 도저히 만족스러울 수 없었다. 내면에서 불만과 결핍이 강하게 올라왔다. 이런 불만과 결핍은 도약과 창조의 또 다른 이름이다.

직장 내에서의 힘의 구조와 여러 관계 속의 갈등이 느껴지기 시작했으며 회사로부터 인정받고 싶은 욕구도 함께 커져갔다. 나는 새로운 업무가 우리 팀에 부여되면 자진해서 그 일을 했다. 나의 방식으로 일을 새롭게 정의하는 것에 의미를 두었다. 이렇게 여러 업무를 하다 보니 나는 어린 나이에 부서의 중요한 일을 하는 핵심에 근접해 있었다. 주요 업무의 의사결정에 참석하며 실력도 빠르게 인정받았다. 이것은 앞으로의 커리어에 상당한 도움이 되었다. 나는 회사 그리고 가정에서 가장 바쁘고 치열한 시기에 대학원에 등록했다. 애는 너무 어리고 회사에서는 업무가 쏟아지는 시기였다.

대학원에 다니는 동안 어떤 개인적인 시간도 가지지 않았다. 심지어 회사 체육행사 때도 자발적으로 사무실을 지키며 일에 매달렸다. 나의 날개를 두텁고 크게 해야 함을 강하게 느꼈기 때문이다. 나의 날개는 나를 보호하고 기회가 왔을 때 훌훌 날아가게 해줄 것이었다. 이 사회와 회사에서 나를 단련해야 할 도구가 절실히 필요하였다. 내가 내 삶의 주인이 되려면 그에 따른 고통이 있어야 하고 그 깊이만큼 성장하리라 믿고 나아갔다. 결정적으로 많은 상사들이 나의 날개를 강하게 만들어주었다. 그들의 배척과 편견에서 살아남아야 했으므로.

경제력이 없던 부모님을 한 집에서 모시며 남편의 눈칫밥을 먹었다. 양쪽의 불만이 나에게로 쏟아졌다. 아이를 제대로 돌보지 못한다는 압박감에 아이를 더욱 몰아치듯 훈육해 아이와 나에게 정서적 불안감이 가중되었다. 회사에서는 승진과 인사 시기마다 아부와 질시, 출처 없는 소문이 난무하였다. 남성 중심의 직장 상사에게서 받는 불쾌한 처우들, 이런 것들이 나의 삶 속에서 강자로서 주인행세 하는 것을 넘어서야 했다. 나는 철저한 자기규율과 자기극복으로 더 높은 삶의 목표들을 하나씩 뛰어넘고자 했다. 니체의 '내면의 자유의지로 삶을 새롭게 창조한다'는 의미를 실존적으로 받아들였다. 나보다 더 강한 것들을 넘어서야 했다. 그것은 이 사회의 뚜렷한 편견들이었다.

"내 앞에 순탄치 않은 상황과 여러 난관이 있는 게 당연하다. 진정한 자유란 나를 누르는 환경을 탓하지 않고 극복하여 이겨내는 것이다. 나를 제약하는 많은 규칙들을 뛰어넘어 나의 의지로 새로운 규칙을 만들겠다."

My will, My rule.

진검승부가 펼쳐지다, 40대

인생의 heyday or 나른한 오후

8월의 어느 여름, 사무실 창문 밖을 바라보았다. 벚나무의 싱싱한 초록잎과 여름 햇살의 화사함이 거리에 내리고 있었다. 나는 저 무심하고 순진한 낮의 시간을 비껴 어둑해질 즈음 거리에 나설 것이다. 낮과 밤, 거리의 주인은 바뀐다. 오후 다섯 시, 거리는 준비를 시작한다. 곧 뒤섞여 쏟아질 각종 직장의 불안한 영혼들을 맞이해야 하니까. 나는 퇴근 시간을 기다린다. 집에 빨리 가고 싶은 것도, 일을 하기 싫은 것도 아니다. 퇴근 시간을 맞추는 것은 오늘 하루 무사히 살아남았음을 말해주는 것이고 어둠은 오늘 하루 내가 저지른 온갖 발광을 수치스럽지 않게 묻어준다.

40대는 회사에서 해온 자신의 모든 진검승부가 결정되는 때다. 이때부터 본격적으로 회사에서의 위상과 지위에서 동료들과 확실한 격차가 나기 시작한다. 누구나 신입사원부터 시작한다. 겉으로는 이 사람이 어떤 각오와 어떤 노력을 하는지 알 수 없으나 그 결과는 40대가 되면 스스로 본체를 드러낸다. 나는 40대 때 회사의 주요 간부직을 거쳐 상무보에 승진하며 지사장 보임을 받았다. 나의 동기들은 아직 팀장급이 대부분이었다. 우리는 신입사원 발령을 같이 받고 같은 건물에서 일하고 퇴근 후에는 우루루 몰려다니며 영화를 보고 술을 마셨고 주말에는 등산을 하며 꽤 오랫동안 주기적으로 연락해 서로의 신상을 공유했다.

아무도 몰랐다. 내가 가장 급속도로 성장하고 있음을. 사실 나 자신도 몰랐다. 그저 내가 맞닿은 현실에서 나를 도와줄 사람은 나 자신뿐이었으므로 스스로 살아남기 위해, 성공하기 위해, 남다르기 위해 많은 노력과 번민의 시간을 보냈을 따름이었다. 나는 직책자가 되면서 나 개인을 넘어 직원, 리더십, 조직문화의 중요성과 실체를 묵직하게 접했다. 내가 맡은 부서의 성과는 직원들의 역량의 총합이므로 나의 개별적 능력보다는 리더로서의 자질이 무엇보다 중요하였다.

회사는 끊임없이 시장과 환경을 이겨내고 성과를 창출할 것을 요구한다. 대부분의 직원은 이를 위해 충직하게 달린다. 이런 성과주의 문화에서 가장 단순하게 길들일 수 있는 것은 직원이다. 직원이야말로 최적의 무기다. 가장 구식의 무기인 직원이 가장 강력한 화력을 가졌다. 간부는 직원들의 화력을 얼마나 잘 타오르게 하느냐가 성과를 좌우함을 안다. 회사는 끊임없이 승진체계를 고도화시키며 직원들에게 쉬지 않고 희망을 품게 한다. 조직에서 승진문화가 없다면 성과가 지속 창출될 수 있을까. 승진은 급여의 상승보다 그 뒤의 휘두를 수 있는 힘, 지배할 수 있는 힘을 주기에 비릿하게 은연한 인간의 권력욕을 자극한다. 또한 간부가 성과와 더불어 반드시 유념해야 할 것이 리스크 관리다.

일을 시도하다 실패하는 것과 위험이 예견되는 것을 소홀히 하여 회사의 이미지와 명예를 손상시키는 것은 다르다. 그래서 업무의 프로세스를 정확히 지키는 것이 리스크 관리이다. 그러나 일을 하다 보면 의도와는 무관하게 또는 너무나 우연히도 사건이 발생한다. 무엇을 한다는 것은 곧 닥쳐올 리스크 하나를 만드는 것이다. 승리와 동시에 예정된 실패, 즉 리스크 상황은 항상 존재한다. 리스크는 전혀 예상치 못한 순간에 갑자기 출몰하여 직원의 순진한 충정까지 앗아가 버린다. 회사는 리스크 상황의 배경과 원인 등에 대한 세밀한 이해심 없이 그를 치욕적으로 무능하게 만들어버리기도 한다 .

이러한 단정에 정확한 잣대가 있는 것은 아니다. 똑같은 상황이 어떤 때는 크게 문제시되고 또 어떤 때는 작게 축소되고 또 어떤 때는 좋은 시도라고 아무 일도 아닌 것으로 처리된다. 이렇듯 리스크라는 것은 신께서 내가 너무 방만하거나, 태만하거나, 너무 조급할 때 툭툭 던져서 다시 차분해질 것을 환기시키는 것이다. 언제 불쑥 나타날지 모를 리스크에 발목을 잡혀서 아무것도 하지 않는 어리석음의 오류를 결코 범하지 말아야 한다.

지금까지의 축적된 업무능력과 총괄적 시각으로 가장 왕성하게 일하는 40대가 되면 회사의 은연한 실세인 감시, 견제, 통제의 빅 브라더(Big Brother)를 다시 재해석하게 된다. 내가 간부가 되기 전에는 아주 친절하게도 회사생활의 각종 애로사항을 해결해주는 존재로 여겼으나, 이후 나는 그들만의 언어법과 해석법을 목격하고 결코 가까이하기 어려운 존재로 여겼다.

어쩌면 회사를 유지하는 기저는 이들이다. 회사라는 구조물의 뼈대 역할이다. 이 뼈대가 튼튼하지 않으면 곧 건물은 허물어질 위험에 처한다. 우리가 건물을 볼 때 외형의 인테리어와 화려함은 보지만 이 건물의 깊숙한 철근과 기둥은 볼 수도 없고 알려고도 하지 않는다. 이렇듯 그의 존재는 조직이 흔들릴 우려가 있을 때 극명하게 존재감을 드러낸다. 이 뼈대는 어떻게 자신의 존재를 강화해왔는가. 내적으로 외적으로 엄청난 촉수를 뻗어 그 생명력을 유지해왔다.

간부는 실적보다 조직적이지 못하다는 평이 더 큰 약점이다. 조직적이라는 것은 무엇을 의미할까. 회사가 추구하는 것이 이성적으로 수긍하기 힘들어도 직원들을 잘 설득하여 그 방향으로 몰고 가는 힘이다. 이러한 힘이 떨어졌다고 여겨질 때는 여지없이 칼날이 나도 모르는 사이에 옆구리를 예리하게 겨냥하고 있다. 때로 빅 브라더는 성과와 상충된 상황에서 충돌하기도 한다. 이때 그는 거의 패배하지 않는다. 나 역시 지사장으로서 말로는 영업성과가 우리의 핵심이라고 했지만 정작 바싹 신경이 곤두서 있는 것은 조직관리 측면이었다. 나 역시 빅 브라더의 감시망에 항시 노출되어 있었다.

Big brother always win.

마음의 북소리는
거대한 날개를 깨운다, 50대

살아가는 내내 온전히 함께할 가치를 세우다

20대가 영원히 끝날 것 같지 않았던 것처럼 50대도 영원히 오지 않을 것 같았는데 축지법을 쓴 듯 홀연히 내 앞에 당도했다. 나는 고개를 숙여 이 나이에 대한 경건함을 표하였다. 그전의 나이들은 나와 티격태격하며 서로를 자극하고 흥분시켰다면 이제부터 맞게 될 나이들은 어쩌면 신이 준비한 것에 완전히 실망할지도 모르므로 서로를 지켜주어야 한다.

개인적 성취감 외 이 땅에서의 사회적 사명감은 어떻게 되었는가. 깊은 곳에서 올라오는 성찰의 화두를 나 자신에게 숙연하게 던졌다. 여태껏 중요하다고 생각한 승진, 인정 이런 것들 너머 인생의 더 숭고한 목적이 분명 있었는데, 당도한 나의 삶의 빈곤함에 심한 갈증을 느꼈다. 공헌, 헌신. 이런 단어들이 내포하는 것은 위대한 것으로 지극한 자기희생과 물러서거나 타협하지 않는 용기를 의미한다. 내가 참으로 경외하는 단어들이나, 이는 크고 아름다운 것에 어울리지 자신의 삶에만 매몰된 나에게는 부끄러운 것이었다.

나의 삶이 이 사회에 속한 것과 살아 있는 동안 사회를 위해 무엇인가 할 수 있다는 것은 나의 특권이자 의무라고 여겼다. 그러나 나는 이 사명감을 제대로 실행하기도 전에 번아웃되어버렸다. 나는 분명 이 회사에서 여성의 한계를 뛰어넘을 횃불을 들고 있다고 여겨왔으나 이쯤에서 보니 내가 들고 있는 것은 한 줌 바람에도 훅 꺼져버릴 촛불이었다. 나는 이 연약한 촛불 하나에 불을 켜고, 후배들에게 온전히 물려주지도 못할 이 촛불 하나 지키려고 그 숱한 밤에는 머리를 쥐어뜯고 낮의 태양 속으로 그렇게 질주해왔나. 나는 무엇을 위해 헌신했다는 용어를 도저히 쓸 수가 없어서, 내가 보낸 시간들에 대한 허망과 자괴감이 밀려왔다.

언제부터였나, 출근길 기도문이 바뀌었다. "신이여, 오늘 하루를 버틸 수 있게 해주소서." 나에게는 엄청난 변화이다. 예전에는 저 높은 계단의 끝을 보면서 도처의 위험물을 피해 목적지에 도달하기 위한 열정과 스스로 각오한 도전으로 충만했다. 그러나 버텨낸다는 것은 지금껏 올라온 계단의 아래를 바라보며 추락의 공포에 떨고 계단의 저 위쪽 끝에 대한 동경은 점점 사라지는 것이다. 저 계단은 끝이 없으며 그 욕구를 위하여는 비참해져야 할 게 너무나 많음을 깨닫는 것이다.

나는 왜 이렇게 되었을까. 명징한 목표의식으로 충만한 나의 생명력은 어디로 갔는가. 『노인과 바다』를 읽으며 흥분하여 거대한 청새치와 사투를 벌이던 나의 그 원시적 힘은 어디로 갔는가. 나이가 들어서일까? 연인의 사랑이 멀어져서일까? 아니다. 나이가 들어가면서 지혜와 인내, 관계성은 더욱 깊어지고 있다. 그러면 연인의 멀어진 사랑, 이것도 아니다. 나의 연인은 비록 살갑지는 않지만 나에게 끊임없이 능력을 보여줄 것을 요구했다. 그럼 뭘까.

50대의 나의 날개는 무겁고 거대해져서 날기 너무 어려워졌다. 그 날개 위에는 너무 많은 것들이 켜켜이 내려앉아 나를 짓누르고 있다. 자의식에 의한 고정관념, 과거 성공과 실패의 레시피, 고집 센 나이듦, 이런 것들이 어느새 주인이 되어 나를 지배하고 나로서 살아가고 있었다. 줄타기를 하듯 어느 한순간도 긴장감을 놓지 않으며 승진의 끝까지 왔다. 그러면서 나의 원칙, 패러다임, 가치관 이런 것들이 나만의 방식으로 형성되어 나의 의견에 동의하지 않는 상대는 잘못된 것으로 치부했다. 또한 내면의 두려움과 약한 곳이 건드려지지 않게 하려고 강한 척하였다.

나는 자신을 변화와 흥미를 아주 즐기는 사람이라고 주위에 말하곤 하였으나 실제로 내가 추구한 세계는 예측 가능하고 통제할 수 있고 정의할 수 있는, 어떤 형태로도 변경이 불가한 융통성 없는 정사각형이었다. 다른 것을 희생하더라도 정답이라 주장하며 반드시 지키고자 했던 어떤 원칙들은 지극히 개인적인 에고의 산물이었다.

나의 이 거대하고 미련한 날개를 하늘 위로 날게 하려면 큰 바람이 있어야 하나 지쳐버린 자는 그런 바람을 더 이상 원하지 않았다. 바람은 곧 고통이요 시련이다. 차라리 날지 않을지언정 이제 그만 고통은 피하고 싶었다. 날개는 점점 나는 법을 잊어가며 자유가 무엇인지, 내가 경험조차 했는지 까마득해져 갔다. 사실대로 말하면 직장에서 도달할 때까지 왔다는 안정감과 피곤함이 도전을 멈추게 했다.

나의 둥지를 지켜내는 게 더 중요하게 여겨지는 그런 나이가 되어버렸다. 그러나 이 둥지는 곧 허물어짐을 안다. 끝을 알면서도 시도하지 못하거나 안 하는 겁쟁이가 되어버렸다. 마음은 또다시 북소리를 둥둥 울린다. 이번 것은 불안하면서도 너무나 불편하다. 이것은 분명 경고의 소리이다. 이제는 이 세계를 떠나야 한다. 현재의 날개는 이 세계와 이 규칙에서는 더 이상 날지 못한다는 것을 말해준다. 북소리는 나의 날개에게 다른 세상을 위한 환골탈태를 요구하였다. 새로운 날개를 위한 털갈이를 해야 한다. 여태껏 나라고 느꼈던 것, 내가 가치 있다고 여겼던 것을 다시 들여다보고 재정립하여 새로운 나의 가치를 창조해야 한다. 20대, 30대 그리고 40대를 관통한 나의 가치들이 강한 나를 만들기 위한 것이었다면 이제는 마음의 소리에 귀를 기울이며 삶 전체를 온전히 함께할 가치를 나 스스로 만들어내어야 한다.

창조의 고통이 이제 진정으로 다가왔음을 느꼈다.

It's worth it.

3일 ◇ 수

나를 만드는 길 위에서

나는 쉬지 않았다.
나의 삶을 조금이라도 더 좋게 만들고자
나를 지독히도 괴롭혔다.
그러나 고통스럽지 않았다. 행복했다.

I am hard, super hard

나의 시간을 뭉텅 잘라 아들에게 선물로 주어야겠다

나는 참 어지간히도 독했다. 특히 나 자신에게는 가혹하리만치 엄격했다. 나의 하루는 5시 30분 기상으로 시작하였다. 아침을 다스려야 하루가 성공한다고 믿는 사람이었고 정말 그렇게 살아왔다. 오늘 하루를 나의 청명한 의지로 보내려면 컨디션을 일정하게 그리고 피곤하지 않게 유지해야 했다. 저녁 시간은 각종 대외 모임과 직원들과의 회식으로 보냈고 그곳에서 내가 지켜야 할 자리와 치러야 할 역할은 뚜렷했다. 그 속에서 나는 원칙을 지켰다. 내일의 회사업무가 무엇보다 중요했기 때문에 나는 술자리에서 결코 과하지 않으려고 했다. 이것이 회사에 대한 나의 책임감 중의 하나라고 여겼다. 아침에 운동을 1시간 하고 출근하면 정말 목소리와 발걸음에 자신감이 넘쳤다. 새벽 운동을 거르고 출근하면 그날 하루는 출발부터 나태했다는 찌뿌듯한 심리적 무력감에 기운이 없었다.

아들이 군을 제대하고 공무원 시험을 준비한다고 학원을 다닐 때였다. 주변에 식당이 변변치 않아 도시락을 싸주었다. 편의점에 가서 먹으라고 돈을 줄 수도 있었지만 도시락을 싸주고 싶었다. 사회생활하는 엄마의 잘난 척 코스프레도 있었지만 더 근본적인 것은 급식세대의 아들에게 도시락으로 엄마를 느끼게 해주고 싶었다. 나에게 도시락이란 열등감의 또 다른 이름이다. 나는 학창시절 점심과 저녁으로 도시락을 싸서 다녔다. 나의 엄마는 도시락에도 참 서툴렀다. 도시락 뚜껑을 열었을 때의 그 모양과 다양성은 거의 신경 쓰지 않고 오직 엄마의 편의에 따라 그날 하루하루의 반찬이 결정되었다.

아이의 심정과 정서는 엄마에게 고려의 대상이 아니었다. 같이 점심 먹는 친구들의 도시락은 나에 비하면 부러움의 극치였다. 서너 가지의 반찬이 올망졸망 모양까지 좋았으며 우리의 식욕을 돋울 반찬이 한두 가지 포함되어 있었다. 반면 나의 반찬은 서로가 뒤섞여 독창적인 새로운 것이 되기 일쑤였고 어떤 때는 미리 반찬 뚜껑을 열어보고 아예 내 것은 내놓지 않은 적도 많았다. 여학생의 반찬에 팍삭 익은 물김치, 파김치 이런 것들이 떡하니 버티고 있었다. 더구나 점심과 저녁이 똑같은 물김치, 파김치일 때도 있었다. 나는 엄마에게 제발 반찬 좀 신경 써달라고 애원하듯 졸랐다. 학교에서 같이 밥 먹을 때 반찬은 위신과 자존심의 문제였다.

그러면 엄마는 뭘 더 어떻게 하라는 말이냐고 되레 나에게 쏘아붙였다. 친구의 엄마와 나의 엄마는 삶에서 신경 써야 할 것의 목록이 달랐다. 나의 엄마에게 자녀들의 도시락 모양새는 생각할 대상이 전혀 아니었다. 엄마에게 도시락은 밥과 반찬, 그리고 배고프지 않으면 된다고 정의되어 있었다. 엄마는 자신이 중요하다고 여기지 않는 것들에는 너무나 허술했고 이를 고칠 생각이 없었으며 고칠 수도 없었다. 왜냐면 자신에게 중요하지 않으니 상대의 감정은 헤아릴 필요가 없었으니까.

지루하게 오직 공부만 해야 하는 그 학창시절에 위안이 되는 것은 도시락에서 오는 휴식과 안정이었다. 나는 물리와 지리 시간을 좋아하지 않았다. 이상하게도 그 시간 전후는 항상 허기가 느껴졌고 뭐라도 극복하고픈 마음에 도시락을 흘겨보며 오늘 반찬은 뭔지 조심스레 뚜껑을 열어보곤 했으나 여지없는 실망감에 물리와 지리는 더욱 악몽같이 느껴졌다. 그럴 때는 학교 매점으로 달려가 그 짧은 시간에 크림빵을 휘몰아치듯 먹어치웠다. 어쩌면 크림빵을 성큼성큼 씹는 것은 나의 마음을 헤아려주지 못하는 엄마의 무심함과 무능함을 씹는 것과 다름없었다.

도시락에 대한 학창시절의 트라우마 외에 아들에게 도시락을 싸주고 싶었던 또 다른 이유도 있다. 내가 나의 엄마와는 다르다는 것을 나 자신에게 보여주고 싶었고, 어린 시절의 상처를 성인이 되어 내가 그 상황 속에서 역할극을 하며 치유하고 싶었던 것이다. 나의 새벽 운동 루틴도 지켜야 했으므로 시간을 만들어야 했다. 나는 시간은 얼마든 늘릴 수 있다고 여긴다. 다른 잡다한 것을 다시 검토하면 도저히 여유가 없다고 여겨지던 시간이 어디서 줄줄 나오고 생활은 중요한 것들로 단순하게 채워진다. 나는 주말에는 멸치볶음, 오징어채볶음 등 밑반찬을 3가지 정도 골고루 만들었다.

아무리 맛있는 것도 똑같은 것은 재미없다. 애들에게는 반찬 뚜껑을 열 때의 기대감이 있기 때문이다. 새벽 다섯 시부터 준비를 시작했다. 주말에 만들어놓은 밑반찬을 넣고 당일 아침 즉석에서 만든 따뜻한 반찬은 꼭 한 가지씩 더하였다. 참치볶음밥, 멸치주먹밥 등 각 밥에는 마요네즈를 듬뿍 뿌렸다. 나는 마요네즈의 그 고소함을 좋아하면서도 선뜻 손이 가지 않았다. 고칼로리와 그 영양성분이 몸에 해로울 것이라는 막연한 선입견 때문이었다. 그런 내가 아들 밥에는 듬뿍 짜 넣는 것을 보고 도시락에 대한 나의 로망을 읽어내었다. 나도 이런 도시락을 먹고 싶었나 보다. 엄마가 나를 아끼고 옆에 있구나, 여겨지는 맛있으면서 보기 좋은 도시락, 내가 정말 그리워했던 것은 엄마의 사랑 표현이었다.

고등어는 카레를 입혀 반 토막씩 구워내었고 그렇게 새벽 1시간을 정말 바쁘게 보냈다. 점심 후의 간단한 과일 몇 조각도 잊지 않았다. 나는 아들 도시락을 싸며 때로는 격하게 때로는 슬프게 엄마 흉을 많이 보았다. 조금만 신경을 쓰면 다 같이 행복해지는 이 작은 일상을 엄마는 왜 안 하신 건지, 못 하신 건지. 왜 나는 그 학창시절 내내 점심시간만 돌아오면 그렇게 고개를 못 들어야 했을까. 엄마가 미웠고 원망스러웠다. 어쩌면 엄마는 철들기 시작한 고학년 여자애의 도시락을 학교에서 먹어보지 않았을 수도 있다. 엄마가 경험해보지 못하였다고 해서 '나는 모른다'며 넘기는 것은 아니지 않은가. 누가 가르쳐주지 않아도 자연스럽게 아는 인간의 근원적 감성이 있지 않은가. 아들의 도시락을 싸며 지금은 너무나 노인이 되어버린 엄마에게 묻고 싶다. 젊은 시절 당신의 그 허술한 당당함은 어디서 나왔는지요?

나는 다섯 시부터 여섯 시까지 한 시간 동안 아들의 도시락을 싸고 곧바로 7시까지 운동을 했다. 시간상 외부로 못 나가니 집안에서 홈트를 했다. 도시락을 싸는 동안 하루도 빠지지 않고 홈트를 했으며 땀을 흠뻑 흘리고 있으면 아들이 잠에서 깨어 나와 이미 훌륭하게 완성된 도시락과 나의 넘치는 땀을 보면서 묘한 표정을 짓곤 했다. 시간이 없다는 것은 나에게 통하지 않았다. 나는 잠을 줄여서라도 해야 할 것을 위한 충분한 시간이 우리에게 있다고 여긴다. 아들의 공무원 공부는 1년여 만에 끝이 났다. 나의 도시락 생활도 끝이 났다. 나는 행복했고 아들도 만족했다고 생각한다. 성인이 된 아들에게 싸주는 도시락, 이것은 나의 학창시절과 제멋대로 뒤섞여 있었던 엄마와 나의 감정에 대한 화해이며, 아들의 어린 시절 아침밥을 제대로 챙겨주지 못한 자책감이 마음 깊숙이 자리하고 있음을 드러냄으로써 아들에게 용서를 구하는 것이었다.

시간은 고무줄처럼 길어지기도 하고 짧아지기도 한다. 시간관리는 시간과 어떻게 사귀고 밀당하느냐에 전적으로 달려 있다. 나는 여태껏 시간에 쫓겨본 적이 없다. 항상 시간은 나의 손안에서 고분고분하였다. 내 아들이 시간이 부족해서 무언가 놓치고 있다면 나의 시간에서 뭉텅 잘라주고 싶다. 아마 아들은 퇴근 후 헬스장을 찾는 시간이 가장 필요하리라. 곧 돌아오는 아들 생일에 나의 시간 꾸러미를 선물로 줄 것이다.

우리는 사람이 선물을 얼마나 귀히 여기고 잘 사용하는지 안다.

Time is yours.

위대함은 일상의 누적이다

Small things with great love

"위대함은 일상의 누적이다." 오랫동안 나의 카톡 상태 메시지였다. 자기관리를 위해 내가 노력한 것은 지극히 개인적이고 작은 것이다. 이 작은 것에 시간의 힘이 더해지면서 점점 나라는 틀거지를 만들어갔다. 작은 것에 정성을 다하기는 참으로 어렵다. 아침에 일찍 일어나 운동하기, 하루 마무리 10분 명상하기, 부모님께 매주 수요일 안부 전화하기, 휴일 가족 식사는 내 손으로 차리기 등 얼마나 사소하고 소소한가. 이런 것은 하지 않아도 아무런 제약이 없다. 죄책감도 별로 없다. 이번에 못 하면 다음부터 해야지 하고 넘어가 버리면 된다. 중요한 일이라면 우리는 그것을 못 했을 때 자책감을 느끼고 계속 다시 도전한다. 그러나 작은 것들에는 도전이라는 단어가 어울리지도 않는다. 작다고 느끼기에 결코 위대하지 않다. 그러나 이 작은 것을 위대한 사랑으로 한다면 정말 위대한 일이 된다.

어느 해 새해 소망을 나는 위대한 사랑이라고 적었다. 위대한 사랑을 해서 위대한 사람이 되고 싶었다. 매월 작고 소소한 것을 하나씩 정하여, 이 일이 정말 소중한 것처럼 대단하게 여기면서 행하고자 했다. 그해 1월은 '만나는 사람에게 인사를 잘하자'가 목표였다. 인사를 하고 싶어도 선뜻 못 하는 경우가 종종 있다. 특히나 갇힌 공간인 엘리베이터에서는 더욱 그러하다.

엘리베이터 안의 문화는 어색하다. 바깥과 단절된 그곳만의 시간문화가 엄연히 존재한다. 처음 대면 때 밝게 목소리를 내어 대했다면 편안한 시간이 된다. 그러나 인사 타이밍을 놓쳤거나 어설프게 인사하면 상대든 나든 어서 빨리 내려야 어색한 시간이 끝난다. 인사를 선선히 한다는 것은 내가 상대방에게 적의가 없음을 표현하는 의도이기도 하다. 상대에게 당신을 향한 내 마음이 선하다고 백번 되뇌는 것보다 편안하고 산뜻하게 한 번 인사하는 것이 훨씬 효과적임을 우리는 경험에서 안다. 형식이 내용을 지배하는 것이다.

내가 만나는 세상과 잘 지내고 싶다는 뜻을 인사로 내비치며 한 해를 시작했다. 인사를 잘하기 위해서는 형식적이라도 일단 얼굴 표정이 밝아야 한다. 얼굴을 찌푸린 채로 인사할 수는 없지 않은가. 집에서 나올 때 기분 좋게 나와서 엘리베이터에서 만나는 사람들에게 서로의 하루가 안녕하기를 바라며 가볍게 미소 짓는다. 그리고 회사 경비원님들과 미화원님들에게 회사를 잘 지켜주고 청사를 깨끗하게 해주셔서 감사하다고 전한다. 만나는 직원들에게는 먼저 다가가 오늘 같이 힘내자는 환한 미소를 보낸다. 그러고 나서 업무에 냉정히 몰입한다.

인사를 잘한다고 내가 선한 사람이 되거나 나의 인격이 고양되지는 않는다. 이것은 오로지 인사를 먼저 함으로 내가 상대방에 어떤 저항을 일으키고 싶지 않다는 지극히 소극적인 자기표현이다. 매일 저녁, 달력에 색연필로 표기를 했다. 내가 먼저 인사한 만족스러운 날은 노란색, 그렇지 못한 날은 연두색. 사실 나는 연두색을 좋아한다. 내가 해내지 못한 것에 대한 자책감을 심하게 느끼지 않고자 연두색을 택했다. 이렇게 한 달이 되어가니 1월의 달력은 노란색과 연두색이 거의 반반이었는데 색깔이 예뻤다. 달력이 노란색으로만 채워졌다면 아직 체득되지 않은 것에 너무 애쓴 것이고 때로는 스트레스였을 것이다. 나는 이것을 의식한 채 7월에 다시 한번 도전하기로 하였다. 7월까지 먼저 밝게 인사하기가 자연스럽게 되도록 할 것이다. 7월의 달력 색은 분명 1월과는 달라져 있을 것이었다. 이렇게 매달 아주 작은 습관들을 정해서 해보았다.

그해 6월 나는 밀가루 한 달 끊기를 결심했다. 내게 밀가루 끊기는 사소한 것이 정말 아니었다. 내가 넘어야 할 큰 산이며 험한 산이었다. 지금껏 몇 번의 시도 끝에 번번이 좌절과 낙담, 그리고 더욱 허물어짐으로 밀가루에 대한 집착이 더 커져버렸다. 나는 베이커리를 너무나 사랑하는 사람이었다. 내가 애정하는 베이커리에서 커피와 스콘, 치즈케익과 함께하는 시간이 나를 위로해주는 행복의 중요한 부분이었다.

내가 밀가루를 끊어야겠다고 결심한 이유는 밀가루 단백질의 폐해, 수입 밀로 인한 방부제 의심, 과도한 탄수화물 중독 등에 의한 건강염려 이런 것이 아니었다. 신경이 예민할 때면 퇴근 때 잔뜩 빵을 사 들고 집에 가서 아무렇게나 빵을 대하며 폭식하는 내 모습에 이건 사랑에 대한 예의가 아니라고 생각했다. 무슨 맛인지 어떤 스토리가 있는지 중요하지 않았고 힘겨운 나의 하루를 빵과 함께 구겨 넣었다. 이것이 싫어서 나는 내가 사랑하는 베이커리를 다시 돌이켜 보았다. 그리고 귀중하게 빵을 대접하고 싶어서 밀가루 끊기를 시도했다. 처음에는 주중에만 끊고 주말에는 허용하기로 할까 고민할 정도로 나는 정말 자신이 없었다. 그러나 그렇게 한다면 지독한 극과 극을 만들어 그 주말에 다시 폭력적 폭식이 빵에 가해질 것임이 틀림없었기에 예정대로 진행하였다.

나는 달력에 체크하며 하루하루 끼니를 이어갔다. 타도시 생활을 했으므로 저녁은 먹고 들어가는 일이 잦았다. 어둑한 저녁 시간에 밝은 편의점 안에 서서 바깥을 무심한 듯 바라보며 컵라면과 삼각김밥을 먹는, 직장인의 일회용 감성을 즐기는 나로서는 저녁에 밀가루 없는 식사는 힘들었다. 오후 4시만 되면 분식집이 아닌 밥집 찾는 것을 고민해야 했다. 분식집은 혼자 들어가도 되는 분위기가 일반화되어 있지만 밥집은 2~3명이 먹는 집이 대부분이었고 여자 혼자 테이블을 차지하도록 내버려 두지도 않았다. 1인 식사가 되느냐 물으면 손사래를 치며 거부하는 집이 많았다.

메뉴보다는 나를 허락해줄 식당을 찾아야 하는 것이 관건이었다. 한식은 밥과 반찬이 동등하게 중요한 상차림이다. 그러다 보니 손길이 많이 가고 그래서 1인 식사가 어려운 것으로 보였다. 그나마 1인 식사를 쉽게 할 수 있는 곳은 반찬이 필요 없는 국밥류와 비빔밥류들이었다. 이렇게 나는 우리 사회에서 직장인이, 여성이, 1인이 저녁 7시 즈음 된장찌개 한 그릇을 마음

편히 먹을 수 있는 식당문화가 아직 미흡함을 느끼며 한 달 밀가루 끊기를 마쳤다.

살이 2킬로가량 빠졌다. 식당을 찾는 게 너무 수고로웠고 결정적인 것은 야식으로 손쉽게 먹을 수 있는 빵, 과자를 집 안으로 들이지 않았기 때문이다. 나의 6월 달력은 그 어느 달보다 성공의 노란색으로 가득 차 있다. 나는 밀가루 음식 없이 한 달을 거뜬히 견뎌내었다. 만약 내가 혐오나 극복의 대상과 싸웠다면 나는 필연적으로 실패했을 것이다. 사랑하였으므로 더 귀하게 대접하고자 시간을 가졌던 것이다. 종종 베이커리 앞을 지나면서 진열된 빵들을 애정 어린 눈으로 바라보았다. 언제든 택할 수 있을 때는 그렇게 이뻐 보이지가 않았고 주성분이 무엇인지 어떻게 만들어졌는지 관심 없이 오로지 나의 입에 와닿는 그 감촉과 나의 기분이 달래지는 것에 만족했는데 이번에는 찬찬히 꼼꼼히 뜯어 보았다.

밀가루의 종류와 숙성시간 그리고 제빵사의 미적 감각

과 오븐에서 익어가는 모습을 상상하였다. 나는 그달 31일에 조그맣고 정겨운 동네 빵집에 들어섰다. 한 달 만에 빵을 샀다. 정말 작은 것을 위대한 사랑으로 이루었으며 위대한 것들을 깨달았다. 계산할 때 주인아줌마에게 한껏 위대한 미소를 던졌다.

"위대한 일은 없다. 작은 것들이 있을 뿐이다. 그것을 위대한 사랑으로 하면 된다." 고대로부터 내려오는 인디언의 아포리즘이다.

With great love.

네가 잘못된 것이 아니다

살기 위하여 발버둥 치니 물결이 일어날 수밖에

부산 벡스코에서 글로벌 여성리더 포럼이 열렸던 때의 일이다. 국외와 국내의 유명 여성 인사들이 초빙되어 강의와 토론이 이어졌으며 2부 행사는 졸업을 앞둔 여대생들과의 분임 미팅이 여러 조로 구성되었다. 내가 맡은 조에서 한 학생이 자신의 불안감을 토로하였다. 그녀는 4학년 초반부터 모기업의 인턴을 거쳐 벌써 정상근무를 하고 있었다. 그녀의 고민은 같이 인턴 생활을 하고 발령을 받은 여성 동료에 대한 갈등이었다. 그 동료는 그녀보다 두 살 많았고 성격이 좋아 대부분의 직원들과 잘 지내고 있으며 그녀에게도 친밀감을 느껴 잘 배려해주고 회사생활에도 열심이라고 하였다. 문제는 그 동료가 직장 고위급 상사의 딸이라는 것이었다.

이것에서 그녀는 그 동료의 친절과 회사생활의 태도 등 모든 게 싫어지고 사소한 것에도 스트레스를 받는다고 하였다. 가장 큰 문제는 다른 동료들은 이것에 크게 신경 안 쓰는데 그녀만 괴로워하니, 자신의 성격이 잘못된 것이 아닌지 하는 우울감과 자기 비난이 큰 것이었다. 나는 그녀의 불안한 심정이 어디에서 기인하는지 알 수 있을 것 같았다. 그녀는 대학 3학년부터 여러 회사 인턴에 지원하고 경험할 만큼 자신의 앞날을 개척하고자 많은 노력을 하였으며 사회생활에 대한 기대가 컸다. 그녀 자신은 상당한 희생과 각오로 회사에 입사하였으며 앞날 또한 스스로 짊어져야 할 것 같은데 그 동료는 낙하산으로 여겨져 꽃길만 갈 것 같아 상대적 빈곤감을 강하게 느끼는 것이었다. 즉, 회사에서의 능력과 무관하게 암묵적인 불평등이 미리 예견되어 그녀는 공정하지 못하다고 여겼으며, 이런 것으로 그 동료를 마음에서 밀어내는 자신이 오히려 공격적이면서도 나약한 게 아닌지 스스로를 압박하는 상태였다.

나의 생각을 몇 가지 말해주었다. 어쩌면 그 동료는 정당한 절차를 밟고 입사했음에도 아버지와의 회사 내부 관계성으로 인해 자신의 능력과 태도가 왜곡될지도 모른다는 생각으로 스트레스를 더 받을지도 모른다. 아마도 그 동료는 그 상태를 인식하고 더욱 자신의 능력을 키우고자 더 많은 시간과 정성을 기울이고 동료들에게도 좋은 모습을 보여주기 위하여 애쓸 것이다. 결국 그 동료는 내면의 자기극복 과정을 힘들게 겪으면서 점점 성장하고 기회를 잡게 된다. 네가 그 동료에게 느끼는 불평등과 불안감에 매몰되어 있는 동안 회사에서의 격차가 더욱 벌어지면서 이를 씁쓸히 지켜보아야 하는 상황이 발생할 수 있다.

회사생활에서 갈등이 일고 있다는 것은 잘하고픈 마음과 노력이 있다는 것이니, 너의 개인적인 성격상의 문제로 받아들이지 마라. 누구라도 가질 수 있는 심리 현상이다. 너가 그 속에서 존재하기 때문에 갈등도 고통도 자의식도 형성된다. 파도가 밀려오니 살기 위해서 발버둥 쳐서 물결이 일어나는 것과 같다. 이것을 누가 잘못이라 하겠는가. 앞으로 너는 참으로 오랫동안 회사와 사회의 적극적 일원으로 살아야 한다. 그 사이에 온갖 좌절과 기쁨이 희비의 쌍곡선처럼 왔다 갔다 할 것이다.

회사생활에서 일어나는 많은 갈등을 나를 괴롭히기 위하여 던지는 돌멩이라 여기고 피하려 할수록 마음은 스스로 더 큰 돌멩이를 만들어내어 자신을 향해 던진다. 차라리 날아오는 돌멩이들을 내가 성장할 기회라 여기고 기꺼이 맞닥뜨리면 비록 돌멩이에 맞아 피는 나겠지만 상처들은 꾸덕하게 단단해져서 더 이상 그런 외부의 돌멩이들이 무섭지 않게 된다. 정말 경계해야 할 것은 자신의 집착과 불안, 자책감으로 스스로에게 던지는 내부의 돌멩이다. 이런 것이 정말 자신의 자존감을 훼손시키고 결국에는 뒤에서 동료의 성장에 비웃음과 어색한 박수만 보낼 수밖에 없게 한다.

회사에서의 삶이 어떠해야 한다고, 네가 그리는 그림대로는 결코 되지 않는다. 차라리 그 삶에 자신을 맡기기를 바란다. 시간은 가고, 될 일은 되고, 올 것은 오게 되어 있다. 오는 것들이 의외로 선물일 수도 있고 돌멩이일 수도 있다. 너의 의지와 바람대로 오는 것이 아니다. 회사에서의 승진이나 인정은 너의 열정으로 되는 것 같지만 그것은 여러 변수가 만들어낸 결과물일 때가 더 많다. 그렇다고 아무 노력을 하지 말라는 것은 결코 아니다. 무엇을 하되 이것 아니면 절대 안 된다, 식의 집착을 버리라는 것이다. 결과만이 진실인 듯 과도하게 집착하지 말고 과정의 즐거움을 누리라는 것이다. 이것이 얼마나 어려우면서도 쓸데없이 들릴지 알지만 그래도 힘주어 말하고 싶다. 사실이니까.

나는 결과에 결코 초연할 수 없었다. 결과는 곧 회사에서의 인격이라 여겨질 정도로 처우와 대접의 중요한 요소였다. 나는 하나의 기회가 가고 나면 그게 끝이라고 여겼는데 잠시 후 더 큰 기회가 다가왔으나 이미 상처받은 자존심과 에너지 고갈로 감히 손을 뻗을 수도 없었다. 많은 시간이 흐른 후 알게 되었다. 존경할 만한 삶을 살고 있는 이들은 결과와 함께 과정의 진정성, 즐거움, 진화를 지속적으로 추구해왔음을. 나는 전쟁터에 있다고 생각하고 날아오는 화살에서 나를 방어하고자 필사적이었으나, 그들은 편안한 물속을 유영하는 것같이 부딪히는 방해물들을 말랑말랑하게 대하고 있었다. 오히려 한가로이 나아가며 부딪칠 것이 없는지 찾아보는 것 같았다.

너의 삶을 불타는 전쟁터로 만들 것인가, 아니면 말랑한 물속으로 만들 것인가는, 너의 삶에 다가오는 것들을 그것이 어떤 것이든 가려내려 하지 않고 기꺼이 두 팔을 벌려 품을 수 있느냐에 달려 있다. 이렇게 살면 너는 회사생활 내내 스스로의 주인으로 유유히 살아갈 수 있다. 나는 이런 상황을 무수히 보았기에 확신하며 말할 수 있다.

Believe me.

형식이 내용을 지배한다

의외의 사람이 의외의 장소에서 의외의 성과를 낸다

어떤 일이 정말 하기 싫을 때가 있다. 자신의 마음이 실리지 않고 형식적이라고 느낄 때는 더욱 심하다. 초등학교 3학년 무렵, 도덕시험을 쳤을 때의 기억이 지금도 생생하다. 그즈음의 도덕시험은 착한 사람의 기준에 부합하는 것에 동그라미를 하면 거의 정답이었다. 나는 한 문제를 틀렸다. 예의에 관한 것이었다. 예의의 진정한 의미가 무엇인가에 대한 질문에 답변의 보기들 중 '마음에서 우러나오는 것'으로 답했다. 틀렸다. 예의는 '겉모습에서 나오는 것'이 답이었다. 어린 나의 마음에 이것은 큰 혼란이었다. 어릴 적부터 책 속에서나 선생님에게서나 사람은 무엇보다 마음이 중요하다, 억지로 형식적으로 하는 것은 안 된다는 말을 얼마나 들어왔는가.

그때부터 나는 형식적인 것이 완전히 틀린 것은 아니다라고 느꼈지만 확신할 수는 없었다. 이런 의심스런 느낌은 하기 싫은 일이나 만나기 싫은 사람을 대할 때 뾰족한 바늘처럼 내가 더 예의를 차리도록 쿡쿡 찔러 대었다. 비록 마음은 동하지 않지만 억지로라도 좋은 척하면 이상하게도 시간이 흐르면서 기분이 좋아지곤 하였다. 운동도 마찬가지다. 정말 하기 싫은 날이 있다. 마음이 계속 부추긴다. 오늘은 중요한 회의가 있고 미팅도 많으니 운동을 쉬고 심신을 편히 하는 게 어떻겠냐고 한다. 그러면 나는 억지로라도 나간다. 운동 강도가 거의 없더라도 정해진 운동시간만큼 채워보자는 심정으로 가벼운 산책을 하든 뭐든 한다.

이렇게 형식화해 놓으면 그 시간이면 어김없이 몸이 먼저 나간다. 마음은 끌려 나오지만 한 시간 후에는 나의 마음이 더욱 흡족해한다. 정신이 육체를 지배하는지 아니면 육체가 정신을 정신 차리게 하는지 아직도 나는 정답을 모르겠다. 한번 거부하거나 싫다고 제쳐 둔 일은 다음 상황에서도 계속 저항을 일으키며 우리의 에너지를 낭비시킨다. 이건 내 마음이 내키지 않아, 형식적으로 좋아하는 척하는 것은 엉터리야 하며 마음을 열지 못하면 내가 선호하지 않는 사람이나 영역에서는 영원히 기회를 잃어버릴지도 모른다.

자신이 좋아하는 세계만 구축하다 보니 그 범위와 폭이 상당히 작아질 수밖에 없으며, 이런 이들의 특징은 나는 원래 이래, 이게 내가 추구하는 방식이야라고 말하는 것이다. 그러나 이렇게 자기합리화를 하기에는 잃는 것이 너무 많다. 더 정확히 말하자면 누릴 수 있는 것을 애써 배척하는 것이다. 나는 직원들에게 "형식이 내용을 지배한다"고 강조하곤 하였다. 고리타분하고 지난하게 보이는 어떤 행동양식들은 하기 싫기에 더 시간을 들여야 할 필요성이 있다. 많은 양이 쌓이면 질이 좋아지는 것과 비슷하다. 비록 하찮게 보이지만 시간을 들여 꾸준히 어떤 일을 하다 보면 그것이 레시피가 되고 시스템이 되는 경우가 많았다.

사람을 마지막까지 움직이게 하는 힘은 책임감이라고 생각한다. 오늘 하루 쉬고 싶고 숨고 싶을 때 한 발짝 내디디는 힘, 나를 기다리는 누군가를 위해, 그리고 나를 지지하는 어떤 이를 위해 그런 힘을 쏟는다. 책임감은 의무와 사명의식이 겉으로 보여지는 모습이나 그 안은 사랑이라는 감정이 받쳐주고 있다. "의외의 사람이, 의외의 장소에서, 의외의 성과를 낸다." 이 말을 가슴속에 새기면 내가 익숙하고 잘하는 것에서가 아닌 내가 하기 싫고 소홀히 여기는 것에 보물이 숨어 있을 수 있음을 깨닫게 된다.

많은 사람들이 자신의 감정에 따른 호불호로 세상을 대하면서 이것을 당연시한다. 퇴직한 선배들에게 묻곤 하였다. 회사생활 중 제일 후회하는 것이 무엇입니까? 그들 대부분의 답변은 동료들에게 '친절'하지 못하였다는 것이다. 자신의 에고에 따라 성향이 맞지 않다고 여기는 동료는 아예 무시하거나 모르는 척했던 것이다. 훗날 깨달았다고 한다. 그들이 이룬 일들이 혼자 힘으로 다 한 것 같지만 실제로는 주위의 지지, 배려,

협력으로 이루어진 것이 대부분이었음을. 힘들 때 자신이 먼저 손을 내밀어 도움을 요청하지 않은 것을 자랑스럽게 여기며 자존심을 지킨 것 같았지만, 자신이 누군가의 손을 배척하며 스스로 주변 사람들을 이방인으로 만들어 왔음을.

지금 멀리서 당신을 지켜보는 이가 있다. 그가 어수룩해 보일 수도 있고, 아주 까칠하고 독선적으로 여겨질 수도 있다. 먼저 손을 내밀어 요청하라. 나의 손을 당장은 거부할 수 있으나 그는 기억할 것이다. 당신이 그의 손을 기다리고 있음을.

You first.

지배하지 않는 지배력, 카리스마

남용과 절제의 한계점을 알다

여기 한 조직의 장(長)이 있다. 그는 직원들을 잘 이끌고 있다고 생각한다. 수시로 밥도 사주고 얘기도 잘 들어주고 애로사항을 해결해주고자 노력한다. 실제로 직원들에게 슬쩍 물어봐도 자신이 꽤 괜찮은 리더로 여겨지는 것 같아 나름 자부심을 가진다. 그러나 겉보기에는 잘 돌아가는 것 같은 조직이 시간이 지나도 성과가 미흡하다. 그는 고민에 빠진다. 무언가 잘못된 것 같다. 그는 회사와 직원들을 최우선 가치로 두고 일하고 있는데 조직은 활력이 없고 기계적으로 움직이는 것같이 보인다. 그는 자신에게 진지하게 질문을 던진다.

“나는 직위의 힘으로 혹시 직원들에게 권력을 남용하고 있지는 않는지?” 남용하고 있다는 생각은 들지 않는다. 일정한 기준이나 한계를 초과하여 넘치는 것이 남용이라는 개념하에서 보니 아니다. 다시 관점을 바꾸어 질문한다.

“나의 위치에서 직원들에게 절제하지 못하는 게 있는지?” 답은 이렇다. 그가 휘두를 수 있는 힘, 영향력의 범위를 숫자 1에서 10까지로 설정하자. 남용이란 단어를 썼을 때는 10을 넘지만 않으면 문제가 안 되는 듯 보인다. 절제를 적용해볼 때는 5 이내이어야만 한다. 우리는 힘의 위치에 올랐을 때 남용의 관점에서 직원들을 대한다. 거의 10의 경지까지 자신의 말과 의도와 행동을 밀어붙인다. 그러면서도 10을 넘지 않았으므로 남용했다고는 결코 생각하지 않는다. 오히려 부족하다고 느낀다. 이것은 힘의 갑질이 된다. 직원들은 그에게 짓눌려서 수동적, 의존적이 되고 과감성을 잃어버린다. 그는 절제를 생각했어야 한다. 직원들을 향한 말과 행동의 범위가 5 이하에 있는지 점검하여야 한다.

절제란 더 할 수 있으나 물러나고 기다리고 참아내는 것이다. 그러면서 직원들이 스스로 자신의 한계를 넘어서도록 리딩하는 것이다. 이렇게 5 이내에 머물며 직원들이 자발적으로 따르고 복종할 때 그를 리더십이 있다, 카리스마가 있다고 말한다. 진정한 카리스마는 성찰에 의한 리더의 철저한 자기통제력에서 나온다. 가정에서도 부부나 자식 간에 이 정도는 당연하다고 생각하는 범위가 사실은 한계를 초월하고 있음을 알아차려야 한다.

카리스마는 통상 다른 사람을 매료시키거나 그에게 영향을 끼치는 능력 또는 상대방에게서 자발적으로 동조와 복종을 이끌어내는 힘 등으로 설명된다. 나는 내부 직원들이나 외부 관계자들과 대화할 기회가 많았다. 공적인 모임과 자리는 각자의 목적이 있으며 자기가 원하는 방향으로 대화를 주도해야 한다. 이때 대화에는 압도하는 힘이 있어야 한다. 압도한다는 것은 경청하지 않고 내 방식으로 끌어가는 것이 아니다. 최대한 정중하고 부드럽게 이어가면서 주도력을 잃지 않는 힘이 은연히 있어 나의 뜻에 동조시키는 것이다.

회사에서는 직위나 나이로 영향력을 행사하려는 경우가 많다. 무례한 일이다. 진정한 카리스마는 '지배하지 않는 지배력'이다. 내가 굳이 지배하려 하지 않아도 상대가 스스로 나의 지배력 안으로 들어오는 것이다. 상대가 자발적으로 들어오는 것은 나에게서 선한 영향력을 기대하기 때문이다.

이러한 관계의 가장 밑바탕에는 소통이 있다. 소통. 조직을 가장 안정적으로 성장하게 하는 핵심 요체이다. 조직에서 리더의 올바른 동기가 제대로 전달되지 않으면 리더의 개인적 성취욕으로 비춰져서 직원들의 진정어린 참여를 이끌어낼 수 없다. 나는 처음에는 소통을 참 쉽게 받아들였다. 나의 관점에서 상대가 나의 뜻을 똑바로 이해했는가에 소통의 의미를 두었다. 그러나 거기에는 소통의 내재적 가치인 상대에 대한 신뢰, 인간애가 결여되어 있었다. 그러면 소통은 쌍방향으로 서로 상대의 마음을 들어주고 이해하는 것인가? 이것으로도 부족하다. 진정한 소통은 상대의 마음을 이해하는 차원을 넘어 해결해주기 위하여 작은 무엇이라도 시도하는 것, 적어도 상대의 의사를 반영할 수 있게 마음을 내어 애써주는 것이다. 그러나 우리는 많은 실수를 한다. 특히 고위급 간부일수록 소통을 일차원적으로 해석해 자신의 말대로 조직이 일사불란하게 움직이는 것으로 여기며 본인의 리더십을 자찬한다.

많은 리더가 있다. 조곤조곤 너무 디테일하게 접근하여 과연 큰 그림이 있는지 의문이 드는 이. 큼직큼직한 글로벌적 목표로 정말 현장의 상황을 제대로 파악이나 하는지 모르겠는 이. 오로지 평가의 불이익과 처벌만을 말하며 극도의 불안감을 조성하는 이. 나는 이 모든 리더들을 겪어보았다. 존경과 사랑을 받지 못하는 리더는 직원들에게 전혀 동기부여가 될 수 없다. 직원들에게서 나도 저분처럼 저 자리에 가고 싶다는 동경을 불러일으켜야 한다. 그 직책 자체에 대한 동경이 아니라 그 자리가 주는 품위 있는 아름다움이 있어야 한다.

Charisma far away.

오늘의 구루, 지지(知止)를 말하다

주위가 어두울수록 자신의 고유한 빛은 더 발한다

오늘의 구루(정신적 스승)를 찾아갔다. 나는 그분을 내 마음속으로 이렇게 불렀다. 나는 여러 훌륭한 상사들을 모시면서 배우는 것도 많았다. 그중 오늘의 구루는 우리 조직에서 보기 드문 분으로 가장 닮고 싶은 모델이었다. 그분을 대하면 마치 아무 무늬가 없는 투명한 창호지를 마주하는 것 같다. 좋고 싫다 어떻다는 편견 없이 있는 그대로를 밝게 투과시킨다. 누구도 그분 앞에서는 자신을 포장하거나 변명할 필요가 없다. 직위의 높낮이도 필요없었다. 항상 뭔가 아껴두는 듯한 말투와 결코 서두름이 없는 행동으로 일관했다.

나의 인생 단어를 꼽으라면 장자의 목계지덕(木鷄之

德)을 꼽겠다. 그분이 바로 목계지덕의 리더십의 반열에 있었다. 이 우화는 싸움닭이 허세와 교만을 넘어 도(道)의 경지에 이르는 과정을 보여준다. 자신의 감정을 완전히 통제하여 상대방에게 자신의 힘과 능력, 매서운 눈초리를 보여주지 않아도 상대가 스스로 굴복하여 들어오는 것이다. 마치 나무로 깎아서 만든 닭처럼 전혀 움직임이 없는 것 같지만 능히 모든 상대를 제압할 수 있는 힘을 보여준다.

그날 나는 우리 조직의 한 간부로 인하여 심한 마음의 상처를 받아 회사에 항거해야겠다고 생각하고 용기를 내어 오늘의 구루를 만나 뵈었다. 그 간부는 감정의 기복이 심하였으며 언행이 위압적이었다. 이런 조직문화의 폐해는 방치하면 올바른 것인 양 그대로 답습된다는 것을 구루에게 말씀드리고 싶었다. 대화 중 눈물이 나왔다. 지금껏 회사에서 누구 앞에서도 눈물을 보이지 않았는데 울 수 있었던 것은 오늘의 구루가 따뜻했기 때문이다. 누군가의 꼭 닫은 옷깃을 열 수 있는 것은 강한 폭풍이 아니라 따뜻한 햇볕이다. 우리는 봄날의 따스함을 그리워하며 그의 곁에 머무른다.

나의 얘기를 마칠 즈음, 나는 오늘의 구루에게 물었다. 구루도 나처럼 고민과 갈등이 있는지 궁금했다. 어떻게 중심을 잡고 견뎌내는지 알고 싶었다. “지금껏 당신을 만들었고, 앞으로도 지키고자 하는 원칙이 있으신가요?” 오늘의 구루는 잠시 생각하고는 녹차처럼 맑은 특유의 얼굴로 지지(知止)라고 답하셨다. 知止란 그칠 때와, 삼갈 때, 그리고 물러날 때가 언제인지를 안다는 것이다. 나의 입에서 충격에 가까운 탄성이 나왔다. 전혀 예상하지 못한 답변이었으며 머리를 어디 부딪친 것 같은 느낌이었다.

이 말에서 구루가 지금껏 얼마나 철저한 자기절제와 물러섬으로 적을 만들지 않으며 자신을 지켜왔는지, 그 내면의 아픔과 인내, 통제력을 느꼈다. 구루와 같은 위치에 계신 분들은 항상 앞으로 더 나아갈 것에 초점을 두며, 무엇을 더 할 것을 고민하지, 덜 할 것을 염두에 두지 않는다. 수직적 조직문화 속에서 특히 많은 것을 책임지고 지시하는 입장에서 知止를 행하는 것은 수행에 가깝다.

그분의 止(그칠 지)에는 회사에서의 물러남도 있었다. 구루도 임원이니 회사의 퇴직 통보는 상존하는 그림자 같은 존재다. 햇빛이 강할수록 그림자는 더욱 짙어지고 선명해진다. 승진을 더 하고 높은 직책을 누릴수록 퇴직의 불안감과 염려는 함께 깊어간다. 구루는 자리에서 물러날 때가 감지된다고 하시면서 그 자리를 유지하기 위해 애써 어떤 것을 감행하고 싶어 하지 않으셨다. 휘두르고 지배할 수 있는 우월적 힘, 그것을 내려놓고 아무도 휘두르지 않고 자신조차도 휘두르지 않는 상태, 있는 그대로 자신을 바라보는 상태 그곳으로 가려고 하셨다. 그림자의 불안은 햇빛이 걷히면 사라진다. 나는 그날 나의 고민을 해결하러 갔다가 그분의 고뇌를 읽어버렸다.

우리의 삶은 무엇이든 한쪽으로 완전히 기울어지지는 않는다. 대부분의 평직원은 60세 정년퇴직을 한다. 그

분들은 퇴직 2년여 전부터 회사의 퇴직 프로그램에 따라 퇴직 후 안정된 삶을 준비하기 시작한다. 정년이라면 거의 40년을 일한 분들이다. 그분들은 끝을 분명히 알기에 준비할 시간이 있다. 퇴직 때는 직장에 감사해 하면서 퇴임 인사를 한다. 전 직원들의 꽃다발과 박수 속에서 환송을 받으며 회사를 떠난다. 그러나 임원은 어떠한가. 재직 시에 화려한 조명을 받는 것 같으나 매년 1년 단위의 재계약으로 언제가 끝일지 알 수 없는 막막함 속에 있으며, 그러다 어느 날 한 통의 전화로 하루 만에 책상을 깨끗이 비우고 홀로 쓸쓸히 빠져나가야 한다.

몇 년 전 내가 모셨던 임원 본부장에게 여쭤본 적이 있다. 본부장님, 언제 퇴직할지 모르는데 뭔가 준비를 해야 하지 않을까요. 그분은 나를 흘낏 쳐다보며 한 소리 하셨다. "쓸데없는 소리, 현재에 충실하시게. 퇴직을 염두에 두면 오늘의 모든 날들이 이미 퇴직한 것과 같이 생명력을 잃어버리게 되지. 재직 시 자신의 삶을 최고의 명품으로 만드시게."

오늘의 구루와 헤어지고 집으로 향하면서 후회가 밀려왔다. 내가 좀 더 일찍 知止의 마음으로 회사생활을 하고 직원들을 대했다면 정말 직원들로부터뿐만 아니라 나 자신에게도 존경받고 사랑받았을 것이다. 그러나 다시 생각해보면 지금 나의 상태가 이런 것을 받아들일 때가 되었기에 나에게 들렸을 것이다. 예전에는 이런 말들이 들렸겠는가. 모든 것은 때가 있다. 많은 실패와 경험을 해보고 나니 이런 말이 내게로 오는구나 느꼈다. 시간의 힘이란 대단하다. 그러나 그 시간을 무난하고 평화롭게 보냈다면 어떠한 가르침도 감정 없는 언어에 불과했으리라.

"구루여, 당신은 하늘의 별처럼 스스로 빛나고 있습니다. 주위가 어두워질수록 더 빛날 수 있음을 보여주셨습니다."

Guru and me.

4일 ◇ 목

나를 떨구어 내는 마음수련

내 안에 촛불 하나 있어
그간 온갖 바깥바람에 불안하게 일렁거렸으나
사실은 내 마음이 붉게 일으킨 것이었다.
이제는 정화된 푸른 불꽃으로.

역린(逆鱗)을 키우다

상처를 치유하지 않고 더 크게 키우며 원망하다

역린(逆鱗). 내 인생 가장 연약한 약점이자 상처. 이곳만큼은 건드리지 말기를. 우리는 자신의 문제가 무엇인지 진정으로 파헤치려고 하지 않는다. 너무나 명확히 알고 있기에 들추어내고 싶지 않기 때문이다. 그리고 치유하려고도 하지 않는다. 상처를 그대로 안은 채 평생을 그 약점과 분노로 세상의 쓰라린 바람에 맞선다.

명절이 너무 싫었다. 나는 어릴 적부터 사회적인 경계선을 느끼며 자랐다. 친척들의 모임에는 나이에 의한 서열이 아닌, 가진 것에 의한 서열과 분별이 명확했다. 우리 형제들은 항상 구석자리에 눈에 띄지 않게 그림자처럼 뭉쳐 있었다. 그리고 어머니가 목숨처럼 생각하는 종교가 있음에도 우리집은 번성이 아닌 퇴락을 거듭했으므로 그 종교 역시 구석자리에 우리와 같이 힘없이 처박혔다. 친척들의 가여워하는 듯하면서도 무시하는 눈초리, 나는 그 눈초리가 동생들에게는 닿지 않도록 온몸으로 막아내려 하였다. 억울한 심정으로 물었다. 우리가 돈이 없는 것뿐이지 누구에게 피해를 끼쳤나? 대답은 피해를 끼쳤다, 였다. 우리는 친척집을 빌려 살았다.

빈곤한 살림에도 아버지는 사회생활에 적극적이지 않았고 엄마는 종교에만 의지했다. 이것이 우리 가족의 가장 큰 핸디캡이었으며 친척들이 우리를 무시하는 원인이었다. 내 유년의 가장 큰 불안은 우리 집은 누가 돈을 버는가였다. 학교를 마치고 집에 와보니 친척들이 모여 계셨고 아버지는 고개를 푹 숙인 채였다. 뭔가 또 궁지에 몰려 친척들의 도움으로 수습해야 하는 상황이 어린 나를 주눅들게 만들었으며, 동시에 친척들에게 고마움보다는 수치심을 느끼게 해 무작정 밖으로 내달리게 했다.

여고를 마치고 대학을 졸업할 때까지 상황은 더 악화될 뿐 개선되지 않았다. 이런 삶을 절대로 살지 않겠노라고 다지며 다졌다. 강한 자기방어 기제 속에 자존감은 밑바닥이었고 자존심은 너무나 강하게 형성되며 커버렸다. 나의 앞날과 진로에 대하여 부모님과 제대로 대화를 나눈 적이 없었다.

내 스스로 모든 것을 결정하고 나아갔다. 부모가 가진 게 없으면 자식에게 충고도 할 수 없음을 커서야 알았다. 내가 무엇이든 되어서 나의 주변의 친척들, 심지어 부모님에게까지 보여줘야만 한다는 의식이 분노처럼 나를 지배하였다. 내가 증명해야 하는 것은 '그럼에도 불구하고'였다.

나의 이러한 성향은 학교와 사회생활 곳곳에서 나타났다. 사회로 나왔다. 경쟁했다. 나약해지고 무너지는 나 자신을 철저히 경계하며 엄격한 삶의 태도를 고집스럽게 강요하였다. 기어이 이겨내고야 마는 상황을 만들어 가면서도 내면은 불안과 결핍으로 허덕였다. 나의 허덕임을 보이지 않도록 꽁꽁 숨겼으나 여실히 표가 났다. 보여지는 외적 자아는 강한 척했지만, 무시받는 감정은 나약한 자아를 어김없이 드러내어 그 상황을 견디지 못하고 크게 상처받고 반발하였다.

나는 상처를 치유하지 않고 남들이 건드리지 못하게 방어하면서 여기까지 왔다. 내가 실패하거나 좌절할 때 변명거리가 있어야 자존심이 상하지 않는다. 나의 유년의 상처는 가장 좋은 핑곗거리였다. 오직 나만이 그 상처를 들쑤시며 때로 더 크게 키웠다. 지금의 잘못된 성격이나 태도 그리고 사회적 실패는 모두 정상적으로 보호받고 자라지 못한 유년 시절과 부모님 때문이라고 항변할 수 있으니 말이다.

Who knows my total weakness.

땅 위의 개는 괴롭게 짖는다

인문학도 철학도 위로가 되지 않는다

어느 날 실적회의를 참석하며 마음속으로 안간힘을 쓰는 나 자신을 발견했다. "너는 종이호랑이야, 나를 물어뜯을 수 없어." 계속 되뇌며 나를 상처 입힐 자격이 없는 상대로부터 나의 감정을 지키고자 했다. 그리고 터무니없는 공격, 질책, 모욕이 느껴지면 "땅 위의 개가 짖는다고 하늘 위의 달이 괴로워하는가." 하며 잘못된 비난에 좌우되지 않으려고 강박적으로 자존감을 끌어올리려 했다. 그러나 안타깝게도 이것은 너무 많은 에너지를 필요로 하였으며 결코 해결책이 될 수가 없었다. 이런 심리로 강하게 나를 채찍질할수록 내면은 쪼그라들고 더 초라해질 뿐이었다. 나를 억압하는 환경에 맞설 수 없으니 무시하고픈 심정이었다. 강해진다는 것은 내가 대항하겠다는 뜻이고 무심해진다는 것은 내가 무시하겠다는 것이다.

내 앞에 펼쳐진 세상은 내가 만든 것이다. 지금 행복하지 않다면 내 마음이 그것을 선택한 것이다. 인간은 행복하지 않은 게 정상이라고 느낀다. 행복하면 불안해진다. 이것은 내 것이 아니라고 곧 사라질 것이라고. 그러므로 행복한 순간에도 행복감에 빠져 있는 게 아니라 곧 닥칠 불행을 염려하며 그 시간들을 보낸다. 그러니 곧 불행의 감정들이 찾아올 수밖에 없다. 이렇듯 우리 인간은 상처도, 고통도 놓아 보내지 않는다. 오히려 그들을 당연한 것이라 여긴다. 스스로를 피해자라 여기며 고통스럽기를 원하고 그 상황에서 빠져나오지 않고 계속 자신을 괴롭혀야 이것이 인생의 실체라고 여긴다.

고통은 깊은 사유를 낳으며 인간을 강하게 만든다고 믿었다. 나는 세상에게서 나를 지키기 위하여 가짜로 강해졌다. 온전하게 강해졌다면 저항도 고통도 없었으리라. 외형적 성공, 명예, 돈을 좇는 삶을 살면서도 나의 그 어떤 자의식도 훼손되지 않기를 바랐으니 내면은 충돌하고 고통스러울 수밖에 없었다. 나는 인문학 서적, 철학 서적을 이리저리 탐독하며 나의 상황에 맞게끔 적절히 사유하여 나를 정당화시키고 마음의 평화를 찾고자 했다. 그러면서 자신이 강해졌다고 생각했다.

왜냐하면 일단 그 고통을 이겨낸 듯한 기분이 들기 때문이었다. 그러나 이 강함을 위해서는 매일매일 정당성에 맞는 기름을 붓고 마음의 촛불을 계속 켜두어야 한다. 그러나 이 촛불은 어느 날 고통이 조금만 더 강하게 느껴지거나 다른 고통이 오면 속절없이 사그라져 버린다. 자신이 진정으로 강해진 것이 아니기 때문이다. 나의 도피처들이 허약하게 무너져 내리는 것을 보고 나는 신경질을 부렸다. 인문학에의 의존은 임시방편이다. 그리고 철학적 깊은 사유는 철학자들이 정말 치열하게, 치사하게 사회생활을 해본 적이 있을까 하는 의문이 들게 했다.

철학은 그럴듯한 말들로 생각을 마비시킨다. 나는 이런 종류의 책을 덮으며 중얼거렸다. 당신들은 당신들의 일을 하시오. 나는 나대로 살겠소. 차라리 나는 소설책을 읽으며 그 속에서 인간들이 어떻게 부서지고 또 일어나는지 사유하겠소. 나는 고통을 통해서 강해지지 않았다. 나만의 방식으로 강해진 것뿐이다. 이런 상태로는 더 이상 나의 삶을 온전하게 유지할 수가 없었다.

막다른 곳에 이르렀다.

God save me, please.

나의 얼음집에는 무엇이 있나

나 스스로 괴물을 만들고, 키워 잡아먹히다

우리는 내면의 상처들을 지우개로 지우듯이 쉽게 없앨 수 없다. 엄연한 사실로 여기며 지금껏 함께 살아왔으니까. 그러나 그것이 정말 사실인지, 내 기억이 만들어 낸 감정의 조합은 아닌지 확실하지 않다.

지나가는 일련의 과정 중 한 조각을 붙잡고 나의 왜곡된 감정을 쏟아부어 중요한 무엇이라도 되는 양 지켜온 건 아닌지 의구심이 든다. 특히 그것이 괴롭고 슬픈 감정일수록 더욱 그 속에 머물면서 상처를 증폭시키고, 시간이 가세할수록 상처는 점점 괴물이 되어간다.

그 괴물은 우리의 마음 깊숙한 곳에 자리 잡아 우리가

약해질 때 가장 크게 모습을 드러내며 상실감으로 내몬다. 우리 스스로가 괴물을 키워왔고 그 괴물에게 잡아먹힌다.

나는 많은 시간을 쏟아 내면을 들여다보기 시작했다. 나의 내면의 얼음집이 어떻게 만들어졌는지, 그것을 부숴야만 내가 살 수 있음을 알았다. 그러나 그 방법을 찾는 게 너무나 힘들었다. 그동안 나라는 이름으로 쌓아온 것들이 너무 세고 많다 보니 새롭게 바뀌기 위해서는 훨씬 더 센 것들이 있어야만 했다. 인문학, 철학, 종교. 내가 할 수 있는 모든 방편을 동원해보았다. 그러나 나를 제대로 다스리기에는 부족하였으며 근본적인 해결책이 못 되었다.

바람이 지나간다. 젖은 나의 이마와 등은 바람으로 부드러워졌다. 그러나 마음은 바람 한 줄기 느끼지 못했다. 바람이 풀들에게 한 것처럼 나에게 들어와 내 몸을 관통하고 빠져나가야 하는데 왜 내면에는 바람이 없는가. 그때 나는 보았다. 내 마음속의 얼음집을. 바람은 나를 통과할 수가 없었다. 내 마음속이 무언가로 켜켜이 엉켜 있었다. 나의 치욕, 질투감, 패배의식, 역겨움. 어릴 적 방 한구석에 처박혀 분해하던 감정들, 사회 속에서 거부당한 감정들, 나를 알아달라고 외쳤지만 무시되었던 감정들. 내가 육체적 단련을 강하게 할수록 내면의 얼음집도 점점 강해지고 외형이 커져 갔다.

내가 이 집을 부수고자 저항할수록 더 많은 감정이 일어나 얼음집은 더욱 차가워지고 더욱 단단해져 갔다. 내 마음속의 가시인 과거가 막은 에너지를 풀어버리지 못하였던 것이다. 이 얼음집을 부숴내지 않으면 죽을지도 모른다는 생각이 들었다. 눈물이 흘렀다. 나는 분명 내 삶을 조금이라도 더 좋게 만들기 위해 최선을 다해 살아내었다고 자부심을 느꼈는데, 그 안에 기쁨, 행복, 만족 이런 것들은 없었다. 이 애들이 있을 자리가 없었다.

'회의가 주는 모욕감' 이것을 객관화시켜 보았다. 회의와 모욕감을 분리시켰다. 회의는 하나의 펼쳐진 상황이다. 언제라도 일어날 수 있는 사건의 흐름 중 하나에 불과하다. 모욕감은 내가 거기서 느끼는 감정이다. 내가 만들어낸 감정이 문제의 본질이다. 사건은 나의 주변에서 크고 작게 항상 일어나고 있다. 내가 그것에 어떤 감정을 가지고 반응하느냐가 괴로움의 원인이었다. 나의 존재의 가장 연약하고 엉망인 부문에 비추어서 주위를 재단하니 나에게는 모든 게 불만의 대상이었다.

나는 편파적이고 제한된 지각 때문에 실체를 제대로 파악하지 못했다. 나의 잣대와 나의 렌즈에 맞추어 보며 나에게 맞지 않는 일들에 저항하여 왔다. 나는 자존심이 건드려질 때 극도로 민감하게 반응하며 자존심을 보호하려고 온갖 행위를 해왔다. 나의 자존심은 왜 이리 큰 노력과 희생을 필요로 하는가. 자존감이 제대로 형성되지 못했기 때문이다. 나의 강한 보호 본능은 조금만 공격을 받아도 발톱을 드러내며 강하게 대항했다.

상처를 가득 안은 승리라도 반드시 해야만 했다.

Victory in tearing.

나답다는 것은 아무 쓸모가 없다

상대적 관점이 아닌 절대의 자리를 찾다

가을은 손으로 쥐어짜면 흡사 한 움큼의 피가 쏟아질 듯 붉었다. 그 속을 천천히 걸으며 나의 마음을 보았다. 회사에서 승진해서 만족하고 기뻤는가? 만족하는 것도, 기뻐하는 것도 상대적 관점 속에서 내가 그런 느낌을 가지는 것이었다.

마음의 온갖 고통을 일으키는 집착, 욕심, 분노, 슬픔은 비교에 의하여 생성된다. 왜 분노하는가? 부당하다고 느끼기 때문이다. 본인이 가지고 있는 어떤 기준이 있으니 그 기준에 미달되느냐 넘치느냐에 따라 감정이 나타난다. 이처럼 어떤 감정도 그 자체로 온전히 성립되는 것이 아니라 무엇과의 비교가 작용하여 내외면의 기준이 되고 이 기준은 상대와 상황에 따라 수시로 변한다. 우리는 이런 계속적인 변화 속에서 이것은 좋다, 저것은 싫다 구분 지으며 좋은 것으로 구분한 것도 또 다른 것과 비교하면서 상대적으로 싫은 것으로 재구분해버린다.

이렇듯 모든 게 절대적인 자리에 있지 않으니 우리는 항상 결핍을 느끼며 고통스러워한다. 마치 연필과 지우개를 손바닥 위에 올려놓고 어느 것이 더 긴지를 견주어 연필이 길다고 여기며 지우개의 짧음을 탓하는 것처럼 엉뚱한 비교대상을 만드는 어리석음을 범한다. 모든 것을 있는 그대로, 존재 그대로 받아들인다면 결핍이 느껴질 것인가. 우리는 항상 무엇과의 비교 속에서 만족하고 불만을 가지며 살아온 것이다.

모든 게 상대적이라는 것을 깨닫는다면 옳고 그르다, 분하다, 억울하다의 판단 자리는 없을 것이다. 나는 극으로 치닫는 것을 선호했다. 내가 몰입할 수 있는 상황, 내가 인정받아야 하는 상황을 극적으로 끌어 올리고 전력질주하는 것에 즐거움을 넘어 쾌감을 느꼈다. 그러니 그에 도달하지 못했을 때의 극도의 실망과 좌절과 자책은 이루 말할 수 없었다.

어떤 일에 몰입했을 때는 먹는 것도 완전히 절제함으로써 육체적, 정신적 한계의 끝까지 갔다. 나는 이런 것을 '나답다'라고 여기며 만족했다. 나답다는 것이 얼마나 에고 투성이에다가 참으로 부끄러운 것인지 이제는 확실히 안다. '나답다'라는 것은 뭔가? 지금까지 내 방식대로 쌓아온 나의 경험과 지식에 비추어 내 주변을 재단하고 판단하는 것이다. 나와 맞지 않으면 그것은 틀린 것이고 상대가 잘못한 것이다. 그러나 아무도 틀리지 않았다. 내가 지금껏 많은 사람들과 충돌해온 것은 내가 너무나 단단히 나의 에고로 싸여 있었기 때문이다.

그들의 잘못이 아니었다. 부모님도 가족도 직장도 잘못이 없었다. 그들의 위치와 입장에서 그들 역시 노력하며 살아내고 있는 중이었다. 내 식으로의 해석과 판단에 따라 그들을 틀렸다 지적질하며 고군분투해왔다. 이것에는 자신을 지극히 사랑하고 아끼는 마음과 남들보다 우월하다는 의식이 내포되어 있다. 이런 사람은 패배감이 감지되는 상황에서는 오히려 그것을 놓아버림으로써 자신을 보호하려고 한다. 이것은 진정한 평온의 상태가 아니다. 저항의 또 다른 상태이다. 자신의 자존감이 훼손되는 상황을 만들지 않는다. 이것은 질투하는 약한 자의 태도이다.

무겁게 드리워져 꼼짝할 것 같지 않던 커튼이 순간 살짝 열리면서 빛이 들어온다. 나는 직감했다. 이 커튼은 곧 닫힌다. 다시 암흑 속에 있지 않으려면 이때 이 빛을 직시하고 명확하게 알아차려야 한다. 어떤 이에게는 이 커튼이 평생 열리지 않을 것이다. 평생 빛을 본 적이 없기에 암흑 속을 당연하게 살아간다. 인생의 진정한 행복이 어떠한지 모른 채 자신의 비교우위적 얕은 행복감이 전부인 줄 알고 그렇게 살다 죽는다. 그러나 신은 감사하게도 빛의 존재를 아주 잠시 만천하에 드러내 보여주신다.

You light up my life.

빈 배로 나아가다

마음의 북소리는 길의 반대방향으로 울리다

나는 나름 인정받았고 남들이 보고 성공하였다 말한다. 그래서 나는 얼어붙었다. 녹는 것이 두려워 더 앞으로 나아갈 수가 없었다. 보호해야 할 나의 명예와 지켜야 할 나의 이름 때문이었다. 나는 유독 나의 이름을 쓸 때 손이 떨린다. 내 이름에서 지켜야 할 것 중엔 자존감이 대표적이다. 이 자존감에는 인간에게 요구되는 선한 덕목 같은 것들도 포함되어 있다. 이 이름을 놓아 보내버리면 얼마나 자유로워질 것인가.

나답다는 생각, 나의 고집스런 에고를 버리는 것만큼 이런 내면의 의무감도 같이 버려야 한다. 어쩌면 사회에서 이런 덕목을 수행할수록 에고가 더 커져 삶이 더 힘들었을지도 모른다. 선량해야 한다, 덕을 쌓아야 한다, 도덕적이어야 한다고 애를 쓰면서 무례하고 이기적으로 보이는 사람들을 비난해오지 않았는가. 부모에게 잘해야 한다고 생각할수록 부모님이 짐으로 느껴졌다. 다시 그 죄책감으로 의무를 이행하다 보면 화가 났다. 도덕적 선량함 속에 드리운 이중성, 도덕적 의무감은 결코 그 자체로 온전하지 않다. 도덕적 의무를 행해야 한다는 생각 자체가 이미 올가미가 되어 그 안에는 순수한 것이 없기 때문이다.

내가 쌓은 선량함 또한 나의 에고의 한쪽이다. 나의 선행에 만족한다는 것도 에고의 채워짐에 불과하다. 나는 지금까지 너무 애써왔다. 끊임없이 갈구해왔다. 나의 마음은 지속적으로 나에게 더 노력해라, 더 움직이라며 압박을 가했다. 나에게 쉴 틈을 주지 않았다. 직원들과 조직에도 자율성을 강조했지만 결국은 나의 의도로 이끌었다. 그것은 결과를 만들어온 것으로, 그 결과는 때로 잘된 것같이 보이나 온전하지는 않았다. 극도의 노력이 동반되었기에 늘 불안함이 함께하였다.

내가 움직이지 않으면, 내가 모든 것을 관여하지 않으면 안 될 것만 같았다. 이 노력이 조금이라도 덜하면 곧 허물어질 것에 대한 두려움이 내재했다.

나의 에고가 바로 내 삶의 장애물이었다. 내가 그토록 많이, 그토록 고집스럽게 나 자신으로 가득 채워져 있기 때문에 내 안으로는 아무것도 들어올 수가 없었다. 나를 완전히 비워내고 장자가 말한 빈 배가 된다면 나는 누구와도 충돌하지 않을 것이다. 일어나는 모든 상황을 그 자체로 받아들일 것이다. 나의 방식대로 해석하지 않으니 무슨 감정이 들겠는가. 나는 나의 배에 실려 있는 원망, 좌절, 분노 모든 것을 비워내야 한다.

심지어 즐거움도, 행복해야 한다는 강박관념도 없다. 누군가에게 잘해야 한다는 의무감도 없다. 어릴 적 결핍감도 없다. 회사에서의 인정욕구도 없다. 이것들을 다 비워내면 내 배에는 고통이 없다. 슬픔도 없고 번뇌도 없다. 삶의 존재적 축복과 근원이 쏟아져 내릴 것이다. 내가 부서지고 나면 나의 비본질적인 것은 모두 제거되고 본질이 불꽃처럼 타오를 것이다.

나는 이 비워짐을 위하여 노력한다. 비운다는 것은 겸손해지는 것도 겸허해지는 것도 경외감을 느끼는 것도 아니다. 겸손, 겸허, 경외 모두 다 나를 실어 노력해야 한다. 애써야 한다. 그 애쓰는 과정에서 만족감과 상실감과 허무감을 또 느낄 수 있다. 이것은 비워지는 과정이 아니다. 비워진다는 것은 나란 존재를 잊는 것이다. 나는 아무것도 아니다. 나의 내면을 텅 비우고 어떤 것과도 싸우려 하지 말고 다가오는 어떤 것도 피하지도 않고 그저 모든 것이 일어나게 놔두면 된다.

극과 극은 통한다. 이쪽 극에 다다르면 반드시 다른 쪽 극으로 갈 수밖에 없다. 나는 아직도 내 자신의 많은 고집과 상념들로 불안하고 아슬아슬하다. 그러나 마음에는 빈 배 하나가 떠다닌다. 시간이 오래 걸릴 것이다. 그러나 그 과정은 아름답지 않을까. 학교와 사회생활에서, 나의 전 인생에서 한 번도 과정을 인정받지 못했다. 그러나 이 비워짐은 과정을 인정하는 유일하게 숭

고하고 존엄한 것이다

나는 어릴 적부터 북소리에 흥분하며 좋아했다. 둥둥 둥둥둥 이것이 북소리인지 나의 심장이 고동치는 소리인지 몰라도 이제 전투를 나서라는 그 마음의 동요와 불안을 기꺼이 패기 있게 받아들였다. 이제 나는 다시 그 북소리를 들으며 지금껏 걸었던 길의 반대 방향으로 떠나려 한다.

Another side may be a hope.

5일 ◇ 금

퇴직 후,
퇴직 없는 인생

아무 일 없는 것 같으나
무엇인가가 그 속에서 벌어지고 있다.
움켜쥐었던 한쪽 손은 흘려보내고,
다른 손 안에는 무엇이 있는지
손가락을 하나씩 들추어보리라.

나의 새로운 시간법

내가 버렸던 시간이 누군가에게는 생명의 시간이었음을

아침 9시, 댄스 스튜디오로 향한다. 댄스라니, 인생 처음 하는 경험이다. 내용이 중요한 것이 아니다. 형식이 절실히 필요하였으며, 3개월만 시간이 지나기를. 그 이후는 세상이 변하든, 내가 변하든, 무엇이든 하나는 변해 있으리라는 확신과 기대로. 작정하고 집을 나선 사람처럼 나의 발걸음은 서두르고 있다. 그러나 허공을 걷는 듯 앞으로 잘 나아가지 못해 당혹스럽다. 발이 못 나가는 것이 아니라 이 낯선 설정에 마음이 뒤처져서 따라오지 못한다. 나는 수영과 댄스 수강신청을 했다.

갑자기 쏟아진 뭉치의 시간들을 혼자서는 감당할 수 없어 회사를 다니듯 출근하기로 했다. 단체반 수업이 내가 시간에서 이탈되어 비틀거리지 않도록 잡아주기를 기도했다. 평일 아침 이 시간을, 오직 나만을 위해 쓸 수 있다니 정말 웃프다. 회사에 다닐 때 돈을 줘서 살 수 없는 유일한 것이 시간이었다. 개인적인 용도의 시간은 극히 비밀스러웠고 떳떳하지 못하였다. 이제 만천하에 드러난 시간은 성나서 으르릉거리던 그 포효는 어디 가고 멍한 눈짓으로 흐느적 질척거린다.

이 시간. 불과 얼마 전 나는 9시면 어김없이 간부들과 아침 미팅을 했으며 회의 전 각종 데이터를 빠르게 훑어보며 당일의 중요한 방향을 결정했다. 하루 에너지의 대부분을 이 시간에 집약적으로 쏟아부어 온몸의 세포 하나하나가 긴장감으로 팽배했다. 내가 새벽운동으로 머리를 명료하게 하고 전날 밤늦도록 무리하지 않는 것은 이 오전 시간에 경건히 충성하기 위해서였다. 아침 8시 이전에 하루 일정은 이미 조율을 끝내고 출발선에서 언제나 뛰쳐나갈 수 있는 극강의 심장과 허벅지를 준비하고 있었다. 이 시간에 지사장실에서 나와 모닝커피를 들고 회의실로 또각또각 정연하게 움직이던 나의 발걸음은 이제 댄스 스튜디오를 향해 숨듯이 걷는다.

머리가 기억하는 이 시간의 무게감을 버텨낼 수가 없어 몸이 이끌어 나가도록 해야 했다. 이 시간을 잊게 해줄 수 있다면 무엇이든 상관없었다. 아무도 나에게 주의를 기울이지 않음에도 나는 모자를 깊이 쓰고 지나치는 사람들과 눈을 마주치지 않으며 스튜디오로 향한다. 한 달 전과 지금, 도저히 같은 시공간에 존재하는 것 같지가 않다. 마치 한 행성이 두 개의 구역으로 나뉘어, 한쪽은 거대한 숫자와 돈과 야망이 쉼 없이 서로를 탐하며 촉수를 팽창시키고, 다른 한쪽은 태양도 뉘엿뉘엿 나태함을 부려서 시간도 멈춘 듯하다. 이 두 세계가 동 시간대에 뚜렷이 존재함을 느끼는 것이 나에게는 고통이다. 차라리 어느 한쪽이라도 실체가 아니기를 마음을 뚝뚝 짓이기며 바란다.

회사의 시간은 디지털이다. 몇 시부터 몇 시까지 미팅, 회의와 방문 등 일정을 정확히 수행해야 한다. 서로 간의 약속으로 같이 지켜야 한다. 회사는 하나가 끝나면 또 다음 스케줄이 대기하고 있어 항상 시간 속에 있다. 시간과 내가 서로를 노려보고, 시간은 끊임없이 나를 채근했다. 지금의 시간은 아날로그다. 강물처럼 스르륵 흘러가고 있다. 그러면서도 누군가가 시간이라는 큰 고깃덩어리를 칼로 척척 썰어서 한 뭉치씩 내게로 던지는 것 같다. 시작도 끝도 없는 아날로그의 시간 속에 몇 뭉치만 써버리면 하루가 쉬이 간다. 그토록 시간을 쪼개가며 시간과 사투를 벌이던 나는 이제는 바겐세일 중인 시간을 앞에 두고도 심드렁할 뿐이다.

나는 지금 서두를 필요도 조급해야 할 것도 없다. 그러나 여전히 시간에 쫓기듯 서두른다. 음식도 천천히 준비하지 못하고 급하게 하다 칼에 엄청 많이 베인다. 나는 바겐세일된 시간을 충분히 사 왔는데 왜 계속 이럴까? 아직 나의 시간법이 정립되지 않아서이다. 여전히 나는 예전의 시간법에 익숙하다. 회사생활 때 나를 위한 음식준비에 시간을 많이 들이는 것이 낭비라고 여겼다. 자기계발을 위한 시간이 항상 부족하다고 생각했기에 중요하지 않다고 여기는 일들은 빠르게 대충대충 해치웠다.

회사에서 나는 항상 바빠야 했다. 화장실을 다녀왔는지도 모를 정도로 바쁘다가 어느덧 퇴근 시간이 되어버리면 입으로는 힘들다 하면서도 마음 한켠은 휘파람을 불며 뿌듯하였다. 하루를 바쁘게 보냈다는 것이 나 자신에게 그리고 회사에게 자랑스럽기까지 하였다.

하루를 밀도 있고 꽉 차게 보내야 하는데 꿈틀꿈틀 또아리를 틀고 움직이지 않는 오후 2시에서 5시 사이가 싫었다. 저 창문 밖 세상에는 지금 큰일들이 벌어지고 있는데 나는 이 시간을 놓치고 있는 것 같아 안타깝고 분하기까지 하였다.

누구나 자신의 피크타임과 여러 종류의 시간법이 있다. 나는 하루의 모든 시간이 의미 있어야 한다는 나만의 강박적 시간법이 있었다. 나는 시계의 초침을 보면 마음이 너무 옥죄어온다. 이 초침은 너무나 잔인하여 사정을 봐주지 않는다. 맹렬한 속도로 1분을 후딱 채운다. 초침은 시한폭탄이다. 행동과 감정을 초조하게 닦달한다. 나의 삶은 초침과 같았는가. 누구에게도 특히 나 자신에게 조금의 여유도 주지 않고 정해진 기한 내에 뭔가를 해내야 한다는 강박을 주었다. 먹는 것도, 자는 것도, 운동하는 것도, 일하는 것도, 사람을 대하는 것도, 언제나 초침처럼 움직이고 행동했다.

회사생활은 회사에 출근하기 전 시간과 회사에서의 시간, 퇴근 후의 시간이 확실히 구분되며 특히 퇴근 후 시간법에 대하여는 각자의 태도가 있다. 이 시간은 운동, 취미, 공부, 술자리, 모임으로 채워진다. 누군가에게는 휴식과 유흥, 누군가에게는 자기성장이다. 나에게는 후자의 개념이었다. 퇴근 후 무엇이든 해야 했다. 그렇게 새벽 5시 30분에 시작하여 오후 10시가 되어야 하루의 일과를 마친다. 그렇게 대단한 일상을 살았다.

댄스 수업 첫 일주일, 몇 번이고 중간에 클래스를 뛰쳐나가고 싶었다. 머리가 너 지금 뭐하니 하며 놀리고 야유를 보냈기 때문이다. 클래스의 베테랑 회원들과 선생님은 나의 어설픈 동작에 세심하게 알려주고 싶어 했다. 이런 클래스에 등록한 회원들은 내가 막연히 생각한 시간 많고 몸매관리에 열심인 아줌마들이 아니었다. 어떤 방식으로든 사회에 참여하여 자신의 삶을 정교하게 갈아내고자 노력하고 있었다. 멋져 보였다.

그러나 나는 이 시간대를 딱 잘라서 통째로 어디론가 보내고 싶다는 생각에서 등록한 것이지 동작을 배우고 댄스에 흥미가 있어서가 아니었다. 소파에 홀로 앉아 있는 나의 눈앞에는 사무실을 분주히 돌아다니며, 커피를 마시며, 담소를 나누며 회의를 준비할 직원들이 보였으며 아직은 차마 담담히 마주 대할 수 없었다. 내려야 할 정차역이 아님에도 미리 열차에서 내려버린 당혹감과 적막감으로 이쪽 세상으로 선뜻 발을 내딛지 못하고 어정거릴 뿐이었다.

오후 3시 수영장에 간다. 이 시간대에는 누가 수영강습을 듣는지 도무지 상상이 안 되었다. 의외로 남자들이 많았으며 저녁에 일을 하는 자영업자나 다양한 직업군의 사람들이 있었다. 이 사람들에게는 이 시간이 하루를 시작하는 새벽 운동 같은 것이었다. 지금껏 나만의 시계와 개념 속에 살다 보니 나는 너무 몰랐다. 회사원과 비회사원으로 구분짓고 회사원의 시간법만 알던 나에게 사회는 너무나 다양한 삶들이 펼쳐진 곳이었다. 그리고 이들은 회사원에게는 아무런 관심도 없었다. 내가 무기력했던 두 시에서 다섯 시가 이들에게는 중요한 하루의 시작이고 준비과정이었다. 우리 사회는 이렇게 맞물려서 서로를 받치며 살아가는 중이었다.

이제 나는 그 압박적인 시간법에서 벗어나려고 한다. 대단한 일상을 살기 위해 시간과 사투를 벌이지 않아도 된다. 시간과 경쟁하지 않고 애인처럼 서로 밀당하며 내가 너무 처져 있으면 나를 자극시키고 내가 너무 앞서가면 내 옷소매를 잡아 뒤로 끌어주며 시간은 나와 그렇게 지낼 것이다. 예전 그 분주함 속에서는 입이 바싹 타들어갔고 퀭한 눈으로 아파트 문을 열면 어둠이 발밑으로 쏟아졌다. 사실 그 어둠은 하루를 잘 마쳤다는, 세상에 꺾이지 않고 잘 돌아왔다는 일종의 안도감이었다.

댄스를 마치고 접하는 정오 근처의 햇빛은 처음에는 섬뜩하였다. 햇빛이 날카롭게 나의 여기저기를 찔러대었다. 나는 조만간 어리광을 부리듯 햇빛에게 속삭일 것이다. 너가 어둠보다 더 좋아. 더 포근하게 나를 감싸줘.

Sunshine beside me.

당신이 너무 늦지 않기를

퇴직은 말한다. 애쓰지 마라 부끄러워 마라 멈추어라

수영장이다. 물속에 들어가기 전 머리와 몸을 깨끗이 씻는다. 함께 이용하는 수영장이니 물관리를 위해서 샤워를 잘하고 들어가야 한다. 나보다 늦게 샤워장에 들어온 분들이 샤워기로 몇 번 물을 끼얹고 바로 수영장으로 들어가려 한다. 나는 옆눈질로 '그래서는 안 돼요. 안 돼요'라는 경고의 메시지를 계속 보냈다. 그분들은 이 수영장의 오래된 회원들이었다. 새로 온 신입의 눈치를 감지했는지 슬쩍 나를 보며 애매한 웃음을 짓는다.

"그냥 대충대충 이해해줘… 어쩌겠어, 너도 늙어봐…."

그 어색한 웃음은 나에게 이해를 구하는 것이 아닌 통보였다. 그분들은 첫날 쭈뼛거리는 나에게 친절히 말을 걸어주고 커피까지 주셨다. 수영장 계단을 올라가며 나이듦에 대해 곰곰이 생각해보았다. 나이듦은 일상사의 많은 것을 대충 넘길 수 있는 면죄부인가? 특히 유교적인 한국사회에서는 나이듦을 노인이 아닌 어르신으로 대접하는 관대한 문화다.

요 근래 해마다 십수 명 정도의 직원 정년퇴임을 보았다. 그들은 60세에 사회로 나간다. 배우자와 함께 인사하러 오는 직원, 퇴임식을 원하지 않는 직원, 송별인사에서 왈칵 울음을 터트리는 직원, 마지막 모습은 다양하나 공통점은 60을 다 채웠다는 의무감과 충실함에 스스로 만족한다는 것이다.

60을 채운다는 것은 사회나 가정 그리고 자신에게서 완주했다는 증명서를 한 장 받는 것과 같다. 그러나 이들은 곧 많이 변화한 세상과의 첫 대면에 무척이나 막막해하고 당혹스러워할 것이다. 우리의 직장생활은 사회 속에서 이루어지는 것 같지만 사실은 근 30년 이상을 사회에서 유리되어 보낸다.

직장은 사회의 많은 것들에서 직원을 보호하면서도 사회의 변화에 둔감하게 만든다. 직장을 다닐 때 간간이 접하는 사회 속의 미숙함은 전혀 걱정스럽지 않다. 아직 자신의 뒤에 회사가 버티고 있으니까. 그러나 나이 들어 세상에 나오면 그때는 달라진다. 움츠러들고 뒤처짐 속에서 본인 스스로가 늙었다고 여기며 사회변화에 적응하는 것을 멈추어버린다. 우리가 이렇게 하는 것은 오랜 직장생활에서의 노고로움으로 지쳐서 이제는 쉬고 싶기 때문이다.

퇴직은 이렇게 말한다. "애쓰지 마라, 부끄러워하지 마라, 멈추어라." 이미 본인을 노인이라 여기며 대접받는 위치에 올려놓고 상대와 세상이 자신에게 맞추어야 한다고 노여워한다. 나이듦은 너그러워지는 것이 아니다. 날카로워지고 완고해지는 것이다. 나이듦의 날카로움은 표정과 말투 속에 있다. 단지 조금 어눌하게 말하니까 너그러운 듯이 들릴 뿐이다.

문화센터에 수채화 수강 접수를 하러 갔다. 앱으로 하란다. 놀라움이다. 이미 이렇게 해왔던 것이다. 스마트폰 세대가 아닌 노인들도 이미 익숙하다는 말인가. 아닐 것이다. 앱으로 등록할 줄 모르면 받지 않겠다는, 노인들에 대한 거부감이다. 똑똑하고 시대를 함께할 수 있는 노인들만 인정하겠다는 것이 아닌가. 나는 접수데스크에서 이 사회가 나를 튕겨내는 것 같은 거부감과 수치감, 무엇보다도 큰일 났다는 곤혹감을 느꼈다.

내가 인지하지 못하는 사이에 회사 밖 세상은 훨씬 복잡하고 세련되고 단단해져 있었다. 내가 회사 안에서 쳐다볼 때 끙끙거리며 뉘엿뉘엿 움직이던 그런 바깥세상이 아니었다. 나는 첨단 IT회사에 다녔다. 회사 내의 모든 사무처리는 IT패키지로 너무 잘 제공되어서 딱히 다른 노력이 필요하지 않았다. 지금껏 회사의 힘으로 그럭저럭 포장되어 실력이 형편없어도 표가 나지 않았는데 사회에 나오자 미천한 밑바탕이 드러나고 어리숙

하였다.

조언할 수 있다면 이렇게 말해주고 싶다. "당신이 너무 늦지 않기를 바랍니다. 더 이상 무엇을 배우려 하지도 않고 못 하는 것을 당연하게 생각하는 당신, 꽉 채웠다는 자부심으로 다른 것을 못 하거나 시도하지 않는 것을 정당화시키는 당신, 더 야성적으로 살 수 있는데 그냥 부드러운 것만 찾아서 사는 당신, 세상과 더 이상 부딪히지 않으려 하는 당신, 이렇게 당신은 늙어갑니다. 죽을 때까지 늙은이로 살아갑니다. 당신은 여행도 안전한 것, 먹는 것도 무른 것, 삶도 느린 것을 찾고, 이제 더 이상 거친 산은 오르려고 하지 않습니다. 정작 당신이 고집을 부려야 할 것은 의사 앞에서도 당신의 늙은 몸에 대하여 당당하고 태연하기임에도. 이 모든 당신은 너무 늦어서라고 말합니다. 꽉 채워지기 전에 뭐든 다른 선택을 하세요."

당시 98세시던 김형석 교수님의 인문학 강의를 들었다. 그분의 삶과 98세라는 존재감이 인문학 자체였다.

무려 2시간을 쉬지 않고 꼿꼿하게 서서 정정한 목소리로 강의를 하셨다. 그분이 이런 에너지를 낼 수 있는 것은 여전히 삶에서 현역이기 때문이다. 좋은 나이 때가 80세라고 하셨다. 무엇을 도전하고 배우기에 정말 좋은 나이라고 하셨다.

노인의 나머지 30년에는 누구도 관심이 없는가? 아이, 청소년, 청년은 다양하게 분류하며 심리상태, 발육, 신체건강 등을 세밀하게 접근하는데 노인은 한 카테고리로 분류하여 일괄적으로 취급한다. 우리에게 10대, 20대, 30대의 뚜렷한 신체적 특징, 사회 속의 활동 등은 익히 지식화되어 있으나 60대, 70대, 80대는 특장점을 말하기 애매하다. 그냥 노인이다. 더 이상 사회에 기여할 수 없으므로 철학자들도 교육자들도 심지어 대통령도 크게 신경을 쓰지 않는다. 오로지 생산성의 관점에서 60세 이상부터는 연구와 구분이 필요 없는 것인가.

60대에 홀연히 접어든 누군가도 자신이 이미 사회의 시스템에서 바깥쪽으로 밀려났다는 사실을 상기하며 늙은이의 카테고리에 자신을 밀어 넣는다. 그 나이 정도 살았으면 자신만의 그림책을 한 권씩 옆에 끼고 있다. 그 그림책은 자신의 과거 이야기로 넘쳐난다. 아쉽게도 이후의 삶을 그릴 여분의 책장은 남겨두지 않는다. 청소년기를 어떻게 통과하는가에 극도의 신경을 기울이는 만큼 노년의 시기를 단계별로 어떻게 통과할지에 대한 진지하고 체계적인 제도가 필요하다.

우리는 곧 노인이 된다. 그때 이렇게 말할 것인가? “신이여, 노년의 삶이 이러하다고 왜 미리 말씀해주지 않으셨습니까.” 나는 얼리어답터였으며 많은 책을 읽었고 시사 문제에 나름 의견을 가지고 사회에 피력할 수 있다고 자신했다. 그러나 막상 사회 속에 나와 보니, 갑자기 던져지다 보니, 정작 내가 거북하게 마주친 것은 이미 나이 들어버린 나의 맥없는 용기였다. 『상도』의 계영배(넘침을 경계하는 잔)를 오늘도 떠올린다.

“채우지 말자. 부족을 느낄 때가 완전한 때다. 움직일 때다.”

Not fill up.

남루하지만 본질적으로 나에게 남겨진 것들

민낯의 페르소나로 만나러 갑니다

수분을 완전히 상실한 겨울 낙엽들이 한 움큼씩 모여 서로 바스락거린다. 예전에는 그 바스락거리는 소리가 좋아 기어이 짓이겨 밟았는데 이제는 눈으로 응원한다. 나무에서 태어나 흙으로 돌아가는 너희들의 대단하고도 생명력 넘쳤던 생애에 대하여. 나의 생은 지금 어디쯤 있을까. 바람아 그만 불어다오. 나뭇가지에 위태롭게 매달려 있지만 아직 물기를 머금어 촉촉함을 잃지 않았으니.

제일 먼저 명함을 버렸다. 부끄러운 기억이 떠오른다. 예전에 점심 식사 후 직원들과 새롭게 들른 카페에서 종업원이 살짝 아는 체를 했다. 자세히 보니 집 근처

마트의 알바생이었다. 나는 반가운 마음인지 뭔지 굳이 명함을 꺼내어 주었다. 혹시 필요하면 연락하라는 친절한 멘트도 함께 건넸다. 그 후 나는 그 애를 볼 때마다 얼굴이 화끈거렸다. 내 명함에 찍힌 지사장이라는 그 지위를 확인시켜 주고 싶은 마음이 들켜버렸기 때문이다.

우리는 회사 입사 때 명함을 받는다. 회사명과 그럴듯한 직함이 사회에서의 나의 위치와 대우를 보장해준다고 착각한다. 회사에서 나의 명함은 내가 아무리 허술한 차림으로 누구를 만나든 나의 위신을 세워주었고 은연중 목소리와 눈빛에 상대를 누르는 힘을 실어주었다. 나는 사회적 우월자가 가지는 저급한 친절함을 연기할 수 있었다. 그 카페 종업원에게는 아무런 필요도 없는 나의 명함을 떠안기듯 건네준 것처럼. 이후 그 애는 나의 기대에서 벗어나, 200명이 넘는 직원을 거느린 지사장인 나에게 그 어떤 동요도, 부러움도, 대단함도 심지어 관심도 보이지 않았다. 그에게 나는 그저 가게에 들르는 많은 고객 중 한 사람에 불과했다.

재직 시에는 새로운 부임지에서 새 명함이 나오면 예전의 명함을 버리기가 왠지 꺼림직했다. 회사에서 나에 대한 자의식, 일종의 생존본능이 강하다 보니 명함 그 종잇조각에도 의미를 부여하고 있었다. 명함을 모두 버렸다. 아무 미련도, 불안감도 없었다. 이제 그 누구에게도 이 명함은 아무 소용이 없다. 단절시켜야 한다는 생각이 더 강했다. 아무리 좋아 보이는 옛것이라도 과감하게 그리고 가볍게 이별해야 했다.

명함을 쓰레기통에 넣기 전 잠시 추억에 잠겼다. 지금껏 열심히 살아온 나에 대한 인정으로 명함을 한 장 남길까 하다가 바로 고개를 저었다. 추억. 회사의 삶을 어떻게 추억이라 할 수 있는가. 이것은 기억이다. 추억은 어떤 시절을 반추하며 그래도 좋았지 않았는가 하며 부드럽게 수용하는 것이다. 마치 우여곡절을 겪으며 행복하게 끝나는 드라마 같다. 기억은 그렇지 않다. 여전히 아픈 것과 아쉬운 것들이 더 크게 부각되고 적나라하게 펼쳐지는 사실적 다큐멘터리이다.

나는 왜 이리 기억해야 한다고 집착할까. 좀 너그러워지면 안 되나. 어쩌면 지금껏 나의 삶에서 가장 놓아버리기 아쉽고 찬란했던 기억들이라 악착같이 붙잡고 있는지도 모른다. 팽팽한 고무줄의 한끝을 놓아버리면 그 세기만큼 다시 되돌아온다. 지금이 그렇다. 너무 팽팽하기에 아무리 놓아 보낸들 원래 있던 자리보다 더 앞으로 더 세게 되돌아올 것이다.

지금 반드시 기억하고 기록해놓아야 할 것이 있다. 이 기억이 사라지면 나의 인생에서 30년이란 세월이 뻥 하고 구멍이 뚫린 듯할 것이다. 20대에서 50대, 지금 이 자리로 바로 건너뛰는 것과 같다. 그 사이에 어떤 것들이 있었는지는 아무도 모른다. 오직 나만이 기억해내어야 한다. 곧 이 기억은 반드시 사라진다. 나의 팽팽한 기억의 고무줄은 허물허물 풀어지고 그 자리에 추억이 자리 잡을 것이다. 그때는 쓸 수도 없고 쓸 것도 없다. 고통도 감동도 없는 드라마니까.

금장의 태극무늬로 반짝이던 명함 지갑이 텅 비었다.

지금껏 그 명함을 내면서 악수를 했던 이 손을 가만히 들여다본다. 이 손은 어떤 강도로 어떤 느낌으로 악수를 했나? 따뜻했는가, 상대의 눈을 믿음직스럽게 바라보았는가, 사려 깊은 정직한 미소를 띠었는가.

다음으로 휴대폰에 깔린 각종 회사 앱을 지웠다. 실적과 전달사항으로 하루에도 수십 개가 넘쳐났던 메시지와 메일을 전부 지웠다. 회사 관련 잔재를 어느 것도 남기고 싶지 않았다. 나의 퇴직 소식을 접하고 많은 직원들이 소식을 남겼다. 그러나 나는 읽지 않았다. 아직은 읽을 수가 없었다. 아마 오랫동안 그대로 방치할 것이다. 나는 기차에서 황망히 내려 걸어 나가는데 기차 안에서 사람들이 나에게 손을 흔든다. 나는 나의 뒷모습조차 보이기 싫다. 말러의 〈나는 세상에서 멀어지고〉를 듣는다.

댄스수업을 마치고 집으로 걸어온다. 청바지에 운동화. 왜 이리 어울리지 않고 초라한지. 회사에서는 대부분 정장을 입었다. 나는 청바지 마니아라서 상의는 세미 정장, 하의는 청바지의 코드를 즐겼고 그에 맞춘 구두는 기분을 한껏 올려주었다. 때로 일주일에 한 번은 운동화와 코디를 맞춘 캐주얼도 선호했다. 그때의 하얀 운동화는 나의 코디 감각에 자신감을 더해주었다. 그런데 지금의 나를 보라. 내 나이에 운동화는 그 어떤 옷과도 어울리지 않는다. 엣지 있는 패션과 미니멀리즘, 윤기 있는 감각이 아니라 그냥 아줌마들의 편안함, 게으름의 대변이다.

나의 운동화들은 패션과 감각의 아이콘에서 남루한 일상의 한켠으로 전락해버렸다. 신발장 속에서 하루의 시작에 빛나는 택일을 기다리던 운동화들이 이제는 현관 앞에 무심한 듯, 지친 듯 그렇게 벗겨져 있다. 이제 나는 더 이상 하얀 운동화를 신고 꽉 끼는 청바지를 입고 리듬감 있게 걸을 수 없단 말인가. 서글프다. 집에 와서 옷장 문을 연다. 저 많은 옷들, 아직 태그도 떼지 않은 신상들도 있다. 저 옷들은 다 어쩌나. 피식 웃음과 회한이 밀려온다. 저런 옷들을 입을 수 있었을 때는 왜 그리 정형화된 복장이 싫증 났는지. 그러나 그때도 알고 있었다. 나는 머지않아 이런 것들이 어색해지고 코가 뾰족한 8센티의 굽을 신지 못할 것이라는 것을.

명함과 회사 관련 각종 잔재물, 의도적으로 나를 표현했던 옷과 액세서리들을 떨구어내고 30년의 삶이 나에게 남긴 것들을 주워 모아보았다. 수십 가지의 페르소나가 나에게 있었다. 지금껏 내가 써왔던 페르소나는 사회와 나를 연결해주는 소통과 약속이었다. 사회생활 속에서 자신의 진짜 모습을 완전히 드러내는 것이 맞는지 생각해봐야 한다. 진정성 있다는 것과 자신의 정체성을 완전히 드러낸다는 것은 다른 문제다. 나도 하기 싫고 도망치고 싶은 자리와 역할이 많았다.

그럴 때 내 안의 나를 달래어 나의 책임을 다하도록 하여준 것은 또 다른 나인 페르소나였다. 나의 페르소나에게 많은 감사함을 느낀다. 그로 인하여 나는 책임감과 적응력 그리고 유연성을 얻었다. 또한 무척이나 어리석은 자아가 내 안에 있음을 일깨워도 주었다. 나를 반기고 신뢰하는 사람들 앞에서는 계속 그런 역할을

하게 된다. 그들의 기대감을 저버리고 싶지 않아서이고 지속 반복하다 보면 어느새 그렇게 반듯한 사람이 되어 있는 자신을 발견한다.

한편 짜증내고 화내도 될 듯한 환경에서는 어김없이 같은 행동을 되풀이한다. 아닌 줄 알면서도 그 가면 속에서는 맞는 듯하여 개선하지 않는다. 이것이 페르소나의 마성이다. 가면은 우리를 우리의 진짜 모습에서 더 훌륭하게도 만들고, 미쳐 날뛰게도 만든다. 나는 지금껏 나에게 주어진 역할을 충실히 하기 위해 상황에 맞는 가면을 적절히 쓰고 그 역할에 진심을 다했다. 회사의 명예를 위해 기꺼이 내가 써야 할 가면을 하루에도 몇 번씩 갈아 썼다. 직원들을 대할 때는 격려하면서도 성장할 수 있도록 따듯한 리더의 가면을, 간부들과 실적회의를 할 때는 치밀한 전략과 직관적 판단력을 발휘하는 냉철한 이성의 가면을, 회사 관련 외부인을 만날 때는 회사를 대표하여 예의를 차린 격식의 가면 등을 쓰며 나는 바쁘게 움직였다.

그 오랜 생활 동안의 수십 가지 페르소나는 나를 형성해왔다. 이것들이 본질이 아니라고 말할 수 있는가. 세월 속의 수많은 페르소나를 거치며 이제 나는 누구를 만나도 유연할 수 있고 상대의 말에 귀를 기울일 수 있으며 어떤 상황에도 나를 맞추는 최상의 적응력을 갖추었다. 이제는 명함 속의 내가 아닌 민낯의 페르소나로 여러분을 만나러 간다.

We are young.

꿈속에서 울고 있는 나에게

수트, 8센티 구두, 비즈니스 점심

나는 기차에서 내린 것이 아니다. 놀이공원에서 한바탕 놀고 나온 것이다. 나의 겁의 크기에 맞게 내가 감당할 수 있는 것을 골라 탔다. 내가 더 용기를 내었다면 섬뜩하고 스릴 있는 것을 타고 비명을 질러대었을 것이다. 그걸 못 탄 것을 아쉬워하지 않는다. 그 비명이 신남의 비명인지 아니면 고통의 비명인지 확신이 없어서다. 한여름 뜨거운 태양 아래 놀이공원은 소녀들의 팡파르도 없고 곰 탈을 쓴 아저씨도 없다. 아이들의 환호와 비명소리도 없다. 조용히 들썩이는 회전목마에 가볍게 입 맞추고 여름의 길고 짙은 그림자를 등 뒤로 드리우며 놀이공원을 떠났다.

눈을 떴다. 또다시 같은 꿈을 꾸었다. 여전히 출근을 하고 사무실을 돌아다닌다. 꿈속의 그녀가 가엾기도 하고 나무라고 싶기도 하고 체념하고픈 마음도 들면서 새벽의 푸르스름한 한기가 아직 남아 있는 허공을 멍하니 응시한다. 깊이 사랑하는 연인에게 이별통지를 받았다. 나는 서러운 마음에 쌀쌀하게 잊었노라고 외치는데, 꿈속의 그녀는 아직 이별봉투를 뜯지 않고 모른 척하며 하던 일을 계속한다. 그들의 이별을 주변 모든 이가 아는데 오직 그녀만이 인정하지 않으려고 안간힘을 쓰고 있다.

이불을 눈 밑까지 끌어올려 꿈속의 장면들을 곰곰이 생각한다. 마치 비밀의 퍼즐조각을 맞추듯 꿈의 시간 속에서 뭉기적거린다. 회사를 떠났는데 왜 회사 사람들과 얽힌 꿈을 계속 꾸는지 나는 이유를 안다. 그러나 입 밖에 내지 않는다. 꿈속의 그녀가 들을 수 있으니까. 그녀가 꿈속을 못 떠나는 이유와 똑같이 나도 회사생활이 너무 그립기 때문이다. 나는 회사의 시간들을 과거라는 포장지로 꽁꽁 묶어 나의 일상으로 새어 나오지 못하도록 하였다. 그러나 매일 밤 꿈속에서는 나를 비웃듯이 맹렬히 풀어헤쳐지고 있었다. 꿈속의 등장인물은 뜻밖이다. 전혀 우연의 잠깐 스쳐지나갔던 직원들이 보인다. 우리의 기억은 너무나 많은 것을 저장하고 있어 불쑥불쑥 낯선 카드를 꺼내 보인다. 그리고 마음 깊이 감정의 응어리를 남긴 몇 명은 항상 나타난다. 꿈속에서도 그들과는 여전히 대립 관계다. 너무 생생하다. 애잔하다. 꿈속에 계속 머물고 싶다. 이대로 눈을 뜨면 아직 준비되지 않은 낯선 현실에 한바탕 짓거리를 할 것 같다.

어제보다 새벽이 더 낮고 어둑하다. 아… 그녀가 운다. 꿈속의 그녀가 울고 있다. 우는 모습을 본 것은 처음이다. 그녀는 이제 꿈속에서도 머물 수 있는 자리가 없다는 것을 받아들인 것이다. 그녀를 따랐던 수줍어하고, 예쁘지만 사연 많은 듯한 눈을 가진 여직원이 다른 직원들에게 작별인사 할 것을 그녀의 손을 끌며 요청하였다. 여기서 그녀는 울음을 터뜨렸다. 연인과의 이별을 이제 모든 이들이 알아버린 것이다. 나는 울고 있는 그녀를 보며 따라 울었다. 나는 주말에 퇴직 통보를 받고 직원들에게 인사조차 하지 않았다. 그렇게 훌쩍 떠났다. 꿈속 그녀의 울음을 보니 그제서야 나도 마무리되지 못한 것이 남아 있었음을 깨달았다. 꿈 밖으로 나온 그녀의 어깨를 감싸줘야 하는지, 아니면 같이 부둥켜안고 더 울어야 하는지 어찌할 줄 모르겠다.

나는 퇴직 후 울지 않았다. 아쉬움만 있었으면 한 번쯤 울었을지도 모른다. 입사와 함께 회사의 기차에 올라탔고 기차는 세상의 비바람으로부터 나를 보호해주었다. 나는 종착역에 못 미쳐서 기차에서 떠밀려 내렸다는 생각으로 울분에 휩싸였다. 그러나 나는 이미 1등급 칸에서 VIP 칸으로 옮길 때 결코 종착역까지 갈 수 없음을 알고 있었으면서도, 황망히 플랫폼을 빠져나와 저 멀리 내달리는 기차를 바라보며 헛주먹질과 발길질을 수차례 뿌려대었다. 저쪽에 같이 내린 이들이 보였다. 일반칸에서 내린 이들도 있다. 그의 할 일을 다하였음에도 허탈감과 쓸쓸함이 보였다.

아이야, 이제 그만하자. 그 꿈속으로는 더 이상 안 가는 거야. 네가 있어야 할 곳은 여기야. 여기에서 사람들 속에 인간관계를 맺으며 또 살아가는 거야. 퇴직은 죽음을 미리 보게 해준 훌륭한 교훈이었어. 죽음에 대해 염려와 걱정을 입버릇처럼 하지만 옆집으로 가야 할 택배가 나에게 잘못 온 듯 정말 무방비 상태에서 우리는 급습을 당할 것이야. 그때는 회고하고 아쉬워할 시간도 없을 거야. 지금 네가 가장 아쉬운 게 뭐니. 저 꿈속에 남겨 놓은 것 중에서 뭐가 제일 아쉽니? 질문이 잘못되었다. 내가 꿈속을 떠나지 못했던 것은 좋은 것들이 너무 많이 남겨져 있어서였다.

봄, 가을 사내 체육행사 때 푸른 구름 아래에서 선배들의 족구경기를 보며 흥분으로 새빨개져 소리쳐 응원했던 그날, 언론에 제보하겠다는 민원이 발생하여 그 대학교수의 집 앞에서 밤 10시가 넘도록 만나줄 것을 요청하며 버티던 그날, 폭탄주를 처음 마시고 완전히 취해 모두가 먹고 죽자며 고래고래 직원들과 흥청이던 그날, 나의 이름이 새겨진 승진 문서를 보고 무진장한

엔돌핀이 솟아 점심시간 탁구시합에서 위력의 드라이브를 펼치며 남자 선배들을 제압했던 그날, 그런 날들이 눈앞에 방울 풍선처럼 무수히 떠 있고 그 안에는 아직 젊고 명랑하고 뾰족한 내가 환하게 웃고 있지 않은가. 방울들은 이쪽 세상으로 넘어오는 순간 다 터져버린다. 저들은 꿈속에 있어야 무지갯빛으로 방울방울 영롱하게 빛남을 나는 안다.

아쉬운 것도 떠오른다. 이직을 시도해보지 못했다. 좋은 회사의 특징은 입사보다 퇴사가 더 어렵다는 것이다. 그냥 지내다 보면 딱히 퇴사할 이유가 없어 안주해버린다. 이직할 마음을 갖는다는 것은 회사에 불만이 있다는 것과는 다르다. 자신에 대한 도전장이자 삶에 대한 용기이다. 이런 사람들은 여전히 공부하고 사회와 활동적인 관계를 지속한다. 조직은 출렁이는 파도의 밀물과 썰물처럼 동질성과 이질성으로 끊임없이 사람들이 오가며 조화와 갈등, 긴장 속에서 흥분하고 발전한다. 나는 이직을 택하지 않고 한 단계 한 단계 승진의 길을 걸었다. 이직은 내 삶에 여러 개의 새로운 동그라미를 그려가는 것이라면, 승진은 한 동그라미의 원의 한계를 계속 넓혀나가는 것이다. 나는 한 동그라미에 갇혀 이것이 세상의 중심인 양 살아왔다.

그리고 또 아쉬운 것은 내가 비굴했다는 것이다. 회사의 특정 부류들을 참을 수 없어 하면서도 정작 목소리를 높여야 할 상황에서는 모른 척했다. 내가 약자라서 그랬노라고 말하기는 부끄럽다. 내가 분노하는 만큼 회사는 그들에게 분노하지 않음을 보면서 침묵했다. 용기를 내어 나의 내면의 목소리를 따르지 않은 것을 너무나 후회한다. 쟤는 너무 자기주장이 강하다며 누군가 내 어깨를 세차게 밀쳤다. 그래도 나는 다시 어깨를 더 억세게 들이대었어야 했다. 몇 번의 시도는 시시껄렁한 에피소드만 남겼을 뿐이었다.

메릴 스트립 주연의 영화를 보았다. 점심시간 정장 차림의 회사원들이 빼곡한 고급 레스토랑에 한 손에 서류가방을 들고 멋진 차림으로 업무를 위해 들어서는 메릴 스트립의 모습에 나도 모르게 입에서 감탄사인지

애석함인지 탄식이 흘러나왔다. 나 역시 저런 점심시간의 비즈니스 약속들을 얼마나 많이 하였는가. 상대와의 중요한 줄다리기식 미묘한 협상으로 완전히 엎드려서 자세를 바짝 낮추어야 하는 상황도 많았다. 어떤 때는 베풀 듯, 어떤 때는 설득하듯, 그런 시간들을 보냈다. 이제 나는 저런 점심은 못 할 것이다.

대신 나는 지금 이런 밤을 맞는다. 이전의 나는 심한 불면증으로 밤을 꼬박 새우더라도 내일의 일정 때문에 침대에서 억지로 눈을 감고 있었다. 머릿속은 끊임없는 이런저런 생각들이 또르륵 또르륵 물방울처럼 굴려 다녀 새벽녘이면 온몸이 흠씬 나른하고 눅눅했다. 이제 억지로 하는 것들은 없다. 잠이 오지 않으면 밤과 밤새도록 노닌다. 책을 두세 권 꺼내놓고 번갈아가며 동시에 읽기도 한다. 어떤 밤은 캄캄한 어둠 속에서 무슨 소리들이 바지직 들릴 때도 있다. 물론 밖에는 소리를 낼 아무것도 없다. 그냥 어둠이 내는 소리다. 예전의 나는 잠을 자다가 극도의 예민함으로 조그마한 소리에도 정신이 번쩍 들곤 하였다. 이제는 그 소리들이 세상이 내는 소리, 나와 함께 숨 쉬고 살아가는 것으로 다가왔다. 나는 이제 꿈속에서 담담히 독백하며 작별을 고한다.

나는 내 삶에 충실하였다. 더 나은 내가 되기 위하여 노력했다. 시간을 헛되이 보내지 않으려 했다. 그리고 휩쓸려 다니지 않았다. 휩쓸리며 감정소비를 하지 않았기에 절도와 절제가 몸에 배었다. 꿈속의 그녀는 이제 나에게로 와도 된다. 나는 그녀를 마음을 다해 인정한다. 마지막으로 용서를 구한다.

회사생활 중 나로 인해 상처 입은 이들에게, 나의 무례했음에 무릎 꿇어 진심으로 사죄드립니다.

Good bye and forgiveness.

당신들의 미숙한 사랑이여, 아버지에게

곰팡이 핀 떡국을 함께하는 이는

어릴 적의 기억은 좁은 골목길처럼 구불구불하다. 그 길을 따라 걷다 보면 어느 모퉁이에서 하나씩 나타난다. 그것들은 여름방학의 쨍하고 하얀 향기처럼 보이기도 하고, 들리기도 하고, 냄새나기도 하며 선명하게 만져진다. 높다란 담벼락을 완전히 뒤덮어버린 담쟁이의 녹슨 초록을 손바닥으로 간지럽게 스치며 학교 가던 길과, 동네 공터의 그네에서 떨어져 무릎의 붉은 피가 꺼멓게 뭉개질 때까지 놀다가 어둑해서야 도둑처럼 집에 잠입하던 날과, 학교 운동장에서 숨바꼭질을 하며 뒤뜰 키 큰 해바라기 속에 숨어 들킬까 큰 눈을 굴리며 조마조마하던 심장 박동이 여전히 쿵쾅인다. 그리고 친구집 좁은 부엌에서 쪽자를 하며 노랗게 설탕

이 타들어가던 냄새와 뒤섞인 연탄의 매케함으로 연신 콜록였다. 이런 형형색색 오감의 정교함과 깨끗함, 발랄함은 어린이에게만 허락되는지, 어른이 되어가며 우리는 감각의 문에 빗장을 채워버린다.

유년의 좀 더 진지한 감정들, 특히 가족과 관련된 의식들은 믿을 만한 것일까. 가족사에 관한 기억들은 어둡고 불완전하며 때로 스산하기까지 하다. 친구들과의 놀이 기억들은 스냅사진처럼 어떤 순간에 대한 포착으로 왜곡이 있을 수 없다. 그러나 마음에 생채기가 난 기억들은 그것에 걸맞은 스토리를 만들어내고, 의미부여 과정에서 사실과는 빗나가 본인이 각색한 대로 자리 잡는다. 스토리 속의 가해자로 지칭되는 이들에게 내 마음속에 꽉 들어찬 경멸과 냉대를 퍼부으면서 우리는 그 기억과 함께 성장한다.

아버지에 대한 나의 기억은 불과 사진 10컷 분량이다. 얼마나 많은 낮과 밤을 아버지와 보냈는데 이것들만 기억날까. 나머지는 다 어디로 갔단 말인가. 그 10컷의 사진들은 한결같이 위태위태하다. 좋았던 기억조차 이후의 의식과정에서 궁핍하고 불안한 것으로 변해버렸다. 만약 나의 아버지가 이 글을 읽는다면 딸의 결핍된 기억에 놀라면서도 슬퍼할 것이다. 내 아들도 문득 이러하지 않을까 하는 생각이 든다. 내가 저를 위해서 애쓴 것들은 흔적 없고, 어둡고 누추했던 것들만 끌어안고 있을 것이다.

나의 아버지여, 저에게 말을 해주십시오. 네가 너무나 즐거워했던 많은 것들이 있었다고. 당신이 조금이라도 정정할 기력과 그럴 가치가 있다고 생각하신다면….

배가 볼록하니 머리를 양 갈래로 땋은 수영복 차림의 여섯 살 아이는 아빠 품에 꼭 안기어 햇빛에 눈을 제대로 뜨지 못해 얼굴을 살짝 찡그리고 있다. 아빠는 멋진 선글라스에 너무나 건강한 웃음을 지으며 해변에서 제일 잘생긴 30대의 환한 모습이다. 어떻게 아버지가 이런 미소와 표정을 지을 수 있는지 감탄한다. 아버지는 지금 80대 노인으로, 살아 있다는 것 외에는 아무 관심도 없고 참견도 하고 싶지 않다는 무심한 표정 그리고 눈동자의 검은자와 흰자의 경계마저도 흐릿한 표정이다. 나는 잠시 생각한다. 차라리 사진이란 게 없다면 우리는 시간을 잊고 살까?

사진이 없다면 현재만 존재할 뿐 과거는 기억 속의 현재이지 않을까. 그날은 아빠가 큰 기업에서 상당한 기술을 보유하고 독립하여 사업체를 시작한 후 맞은 첫 번째 회사 야유회였다. 대형 버스를 대절하여 직원들과 여름 해변가에서 왁자하게 놀았다. 그날의 해변, 파도, 햇빛은 나의 유년기에 가장 화려한 날이었다.

아빠는 아파트 현관 도어를 고치려 오전 내내 매달려 있다. 할머니는 연신 아빠 옆을 왔다 갔다 하며 기계를 잘 만지는 둘째아들이 뚝딱 해치우지 못하는 게 무척이나 애가 쓰인다. 그러나 슬쩍 지켜보는 나는 '뭐든 제대로 되는 게 없네' 중얼거리며 밖으로 나가버린다. 여름날의 그 야유회 이후 몇 년이 지나 아빠의 공장에 큰 불이 났고 우리 가족은 할머니 집으로 옮겨졌다. 이미 할머니 집은 고모와 삼촌들로 북적였으니 우리 식구 5명이 가세함으로 인해 실로 놀랄 만한 인구밀도를 만들어버렸다. 몸이 커가는 만큼 나의 자의식도 함께 성장하여 이런 처지에 내몬 아빠를 슬금슬금 피하게 되었다.

그날 아빠는 그 오래된 아파트의 오른쪽으로도 왼쪽으로도 미동도 없는 현관 도어에 방법 없이 매달려 있었고, 이를 지켜보던 고모와 삼촌들은 수리공을 불러야 한다고 제각기 불평 한마디씩을 해대었다. 나는 못 고칠 것임을 이미 알고 있다는 듯한 눈빛을 차마 아빠에게는 보내지 못하고 고집불통인 현관 도어에 쓱 보내고 놀러 나와버렸다. 이것이 아버지에 대한 나의 자의식의 시작이다. 그리고 그것은 이후에도 일관된 체계로 나의 내면에 자리 잡고 있다. 그때 그 좁은 아파트의 대식구 속에서 나는 존재감 없는 생쥐같이 재빨리 다녀야 했다. 아버지 형제들 속에서 낭패스런 우리 사정은 나에게 모르는 척하는 순진하고 빠른 눈망울이 필요하게끔 했다. 나는 지금도 한 번씩 큰 구렁이가 천장과 벽을 기어 다니는 그 아파트의 꿈을 꾼다.

열한 살 생일이 갓 지나서이다. 나는 어려서부터 책 읽기를 좋아했고 항상 생일선물로 갖고 싶은 것으로 책을 꼽았다. 그해는 지금껏 생애에서 가장 큰 선물인 어린이 명작 동화 50권을 받았다. 나는 너무 기쁘고 소중해서 옷장 속에 넣어 두고 한 권씩 읽었다. 나만의 세상에 빠져 있는 그 시간이 너무 좋았다. 열한 살 소녀의 감성은 극히 감상적이면서도 호기심이 넘쳤으며 또한 저돌적이었다. 엄마는 그런 나를 아빠에게 공부를 등한시한다며 일러바쳤고 아빠는 너무나 단순하게도 옷장 속의 박스를 꺼내어 책들을 마구 찢어버렸다. 맨 위에 『몬테크리스토 백작』과 『폭풍의 언덕』이 있었다. 나는 동동거리고 울면서 아빠 손에 매달렸다. 엄마는 늦은 밤 아빠가 오면 밥상을 앞에 놓고 낮 동안에 있었던 우리 형제들의 시시콜콜한 잘못을 아빠에게 고해바쳤다. 엄마로서 충분히 우리를 타이를 수 있는 그런 내용들이었음에도 마치 큰언니가 고자질하듯 아빠에게 투정 부리는 식이었다.

지금 생각하면 그것은 그저 밤에 부모님 두 분이 오붓이 그리고 공통으로 나눌 수 있는 대화거리였을 것이다. 그러나 옆방에서 나는 그 소리를 드문드문 들으며 엄마를 미워했다. 그래서 나는 엄마와 자주 부딪쳤다. 내가 애지중지하던 책을 찢는 것은 나를 무자비하게 때리는 것과 똑같았다. 그때 나는 아빠가 결코 나의 편이 아님을 인지하고, 아빠에 대한 그동안의 연민을 거두어버림과 동시에 아빠를 엄마와 같은 낮은 위치에 내려놓았다. 부모는 나의 인생에 중요한 대화상대가 될 수 없으며, 나의 길은 스스로 걸어가야 함을 내면으로 다져가며, 학창시절의 갈등과 고뇌는 누구에게도 털어놓지 않았다.

늦가을 큰집 식구들과 함께 등산을 갔다. 이미 여중생이 된 나는 정말 가기 싫었다. 고위직 공무원인 큰아버지의 위세에 우리는 내가 어릴 적부터 각종 집안 대소사에서 그림자처럼 가족 전체가 짓눌려 있는 처지여서 큰집 식구들을 밖에서까지 만나고 싶지 않았다. 큰집 언니들은 모두 울긋불긋 등산복에 끈이 유난히 노란

등산화를 신고 있었다. 나는 그 모습에 완전 움츠러들었다. 아빠는 산을 무척 좋아하고 등산이 유일한 취미 생활이었기에 우리는 어려서부터 아빠를 따라 산을 다니는 것이 일상이었다. 그래서 산에 가는 복장이 따로 있다는 개념이 없었다. 더욱이 등산화라니. 학교 운동화도 엄마에게 떼를 써야 하는 우리들이었다. 큰집 언니들은 그 단단한 등산화를 신고도 산행이 무척 서툴렀으나 우리 형제들은 산을 누볐다. 우리는 허름한 행색의 셰르파와 다름없었다. 간간이 언니들이 잘 따라오는지 확인하려고 뒤를 돌아보면 머리부터 발끝까지 최고급 등산용품만 눈에 들어왔다. 나는 산행 내내 아빠를 원망했다. 누가 봐도 두 가족의 극명한 차이가 있고 우리 형제들도 생각이 있는데 이것은 노예를 자처하는 일이라고 여겼다.

어느덧 고등학교 2학년. 학교를 마치고 집에 오니—당시 우리는 큰아버지 집에서 살고 있었다—친척들이 모여 앉아 있었다. 아버지가 고개를 푹 숙이고 있다는 것은 친척들이 제법 돈을 내어놓아야 할 상황인 것이다.

아버지는 몇 가지 일을 하였고 곱이곱이 이런 일들이 벌어지곤 했다. 나는 몇 번 이런 상황을 봐와서 자존심은 무척 상했으나 못 본 척 지나치려 했다. 그때 "제발 좀 그만하시라." 삼촌 중 누군가의 자근자근 억눌린 목소리가 배어 나왔고 나는 뒤돌아서서 집을 빠져나왔다. 삼촌은 잘못한 게 없다. 이런 가정에서, 이런 아버지 밑에서, 곧 대학을 가야 하는 내가 삼촌들과 큰아버지를 만나면 분을 못 참을 것 같아서다. 잘못은 아빠가 했는데 친척들에게 서러운 것이었다.

나는 아빠가 실패를 했더라도 고개를 빳빳이 들고 타협하지 않는 외고집을 보였으면 했으나 우리 아빠는 절대 그럴 수 없음을 알았다. 그럴 수 있었으면 그 삶의 태도로 친척들을 부르지 않고 일용직으로라도 생계를 꾸릴 용기를 냈을 것이다. 착하고 사람 좋다는 것은 비굴하고 무능하다는 것으로 나에게 뚜렷이 각인되었다. 그 이후 나와 여동생이 대학을 졸업하고 취업을 하면서 집안의 모든 경제를 우리가 떠안았다. 나의 아버지는 40세 중후반에 이미 경제활동에서 은퇴하였다.

설날 아침, 아버지가 떡국을 끓였다. 엄마의 무릎 수술 이후 부엌일은 주로 아버지가 한다. 남동생네 어린 조카들과 함께 떡국을 먹는 중 올해 중학교에 들어가는 큰 조카가 나의 소매를 슬며시 이끈다. 싱크대 옆 방금 끓이고 남은 떡가래에 퍼렇고 검은 곰팡이가 잔뜩 끼어 있다. 아버지는 늙은 눈으로 곰팡이를 보지 못했으며 우리들에게 떡국을 빨리 먹이겠다는 성실함과 애정이 침침한 눈보다 앞선 것이다. 한바탕 난리가 났다.

인터넷을 뒤져 응급조치법을 찾는 소란 속에서 나는 조카들 보기가 민망해 연신 아버지의 부주의를 탓했다. 덩달아 이런 날 엄마가 떡국을 끓이지 않은 것에 더욱 신경질을 부렸다. 할아버지의 위생관념에 대한 조카들의 불신과 얘깃거리를 만들었다는 생각에 부끄러우면서도 화가 났다. 나는 왜 아직도 가족들 앞에서 아버지 때문에 안달해야 하는가. 나의 날선 소리와 만류에도 불구하고 떡국 그릇을 끝까지 고수한 것은 엄마였다.

엄마는 곰팡이는 팔팔 끓이면 탈 없다 하며 마지막까지 먹는 것으로 가엾게 옆에 서 있는 아버지에게 말 없는 위로를 주었다. 내가 어떻게 감히 엄마를 능가할 수 있겠는가. 그때 생각했다. 어린 시절 그 기억들에서 아버지의 곰팡이 낀 떡국만 보고 이후의 엄마 모습은 보지 못한 것은 아닌지. 아버지의 떡국은 가족들에 대한 사랑으로 인한 실수였지 실패가 아니었다.

부모님에 대한 앞선 다른 기억들은 나의 가슴속에서 40년 넘게 함께 자란 것들이다. 고백건대 이 글을 적으며 정말 철저히 내 위주의 관점에서 조명된 기억임을 깨닫고 놀랐으며 나에 대한 경멸감마저도 들었다. 그러나 떡국 사건은 불과 10여 일 전으로, 생생한 사실이다. 어린 자식으로서와 부모로서의 감정을 모두 겪어보고, 부모님과 같이 나이 들어버린 한 인간으로서의 정직한 눈으로 본 그날의 엄마는 위대했다.

엄마 너무 죄송해요. 어린 시절부터 그렇게 악다구니로 대들던 저를 용서해주세요.

엄마는 엄마의 방식으로 아버지와 나를 사랑했음을 이제야 겨우 깨닫는다. 우리 부모님은 그저 자신이 아는 방식과 범위에서 자식들을 최선을 다해 키우셨음을 인정한다. 그 많은 수고로움이 왜 기억나지 않을까. 그것은 부모로서 자식에게 해야 하는 당연한 것이라 여겼기 때문이다. 자식을 돌보고 헤아리는 것이 부모의 의무라고 우리는 배우고 자랐다. 나는 우리 부모님의 사랑을 미숙하다고 탓하며 나의 어린 시절이 보잘것없다고 여겼다. 인생에서 당연한 것이 있을까. 의무감이란 것이 있을까.

genuine love

죽을 때 한 단어만
선택하라고 한다면, 아들에게

번데기에서 나비로 진화하는 단계

태어난 지 일주일 된 반려묘 토리를 데려왔다. 반려동물을 키운 게 처음이고 썩 좋은 인식이 아니었는데도 며칠이 지나기도 전에 나는 토리에게 "엄마가 밥 줄게, 토리야 엄마에게 와봐." 하며 엄마라는 용어를 서슴없이 썼다. 사실 나 자신도 깜짝 놀랐다. 어떻게 엄마라는 말이 이렇게 쉽게 나올 수 있는지. 엄마라는 발음이 주는 그 안정감과 평온함, 풍요로움을 여자인 우리는 알기에 평생을 그리워한다. 엄마라는 말은 자식에 대한 본능적 모성애로 이 세상에서 가장 거짓 없는 사랑이다. 한 삶을 통해 한없이 이타적일 수 있게 하는 것이 엄마이다. 죽을 때 영원히 가져갈 수 있는 것을 고르라면 나는 엄마라는 단어를 선택할 것이다.

아이가 초등학교 3학년이던 어느 가을, 아이의 담임 선생님 호출로 상담을 받으러 학교로 갔다. 아이가 운동장에서 놀다가 친구들 눈에 흙을 뿌렸다 한다. 담임 선생님은 어릴 적부터 이런 류의 행동을 하는 아이는 후일 어긋날 가능성이 많다며 나에게 으름장을 놓았다. 교실에서 담임 선생과 마주 앉은 나는 화가 났다. 자식의 앞날에 어떤 부정적 말도 용납할 수 없었다. 나 역시 아들이 공부보다는 인성이 훌륭하게 형성되어 자라는 것을 중요하게 생각하므로 집에서의 교육은 내가 잘 시키겠다고 말하며 교실을 나왔다. 나는 그날부터 아들에게 인성교육이 아닌 밤늦게까지 영어공부를 시켰다. 나는 아들에게 '네가 행복했으면 좋겠다, 행복한 삶을 살았으면 좋겠다'는 말을 자주 했다. 어린아이에게 행복이란 부모에게 충분히 보호받고 있다는 감정일 것인데 나는 아이가 겪을 미래와 먼 후일의 행복을 어른의 시각으로 강압적으로 세뇌시키려 하였다.

이것은 담임 선생님의 충고보다 더 큰 경고장이었다. 아이에게 행복한 삶이란 물질적인 안정, 더 나아가 그에 기반한 사회적 인정, 출세임을 단언적으로 말해준 것이다. 어쩌면 더 밑바닥에는 아이의 불행한 미래를 책임지고 싶지 않은 마음이 도사리고 있었을지 모른다. 그 책임을 면하려면 어떻게든 아들을 공부시키고 독립된 사회인이 되도록 하여야 했다. 초등학교 3학년 이후 더 이상 동화 속의 신비함, 천사와 요정의 목소리, 이런 것은 우리 사이에 없었다. 될성부른 나무는 떡잎부터 다르다는 말로 아이의 생명력 넘치는 새싹을 그렇게 정갈히 손질했다.

나는 출산 이후 2개월의 육아휴직 기간 동안 출근일이 다가올수록 점점 불안하였다. 출근을 해서 정상적으로 일을 하려면 태어난 지 두 달도 안 되는 아이가 어서 말귀를 알아듣고 이유식을 시작하고 밤에는 울어대지 않아야 했다. 나는 엄마로서 다시 경험하지 못할 시간임을 느끼면서도 내가 곧 회사에 출근해야 한다는 생각에 조급증이 앞섰다. 지금껏 나의 삶에서 가장 후회되는 것이 그때 육아 기간을 좀 더 가지지 못한 것이다.

그 당시는 사회나 회사 제도가 육아휴직에 적극적이지 못했고 너그럽지도 않았으나, 사실은 내가 회사경력에 대한 마음이 더 앞서 있어 휴직을 택하지 않았다. 그러나 이것보다 더 큰 잘못은 회사 다니면서 아이를 돌보는 것을 나의 희생이라 여기며 아이가 나의 뜻에서 어긋날 때 아이의 어깨를 무겁게 짓누르며 나의 희생을 알아봐 주기를 바라는 눈물을 흘리기도 하고 분노하기도 한 것이다. 나는 나의 헌신에 대한 보상을 어떤 형태로든 아이에게 받아야겠다고 생각했다. 그 보상이란 아이의 전 생애에 걸친, 부모에게 감사하고 순종하는 마음이었다.

나는 자랄 때 한 번도 나의 엄마나 아빠에게서 "내가 너를 잘 키우기 위하여 얼마나 노력하고 있는 줄 아니." 하는 말을 들은 적이 없다. 내가 무슨 잘못을 해서 야단을 맞더라도 그것은 순전히 나의 행동에 대한 나무람이었지 거기에 본인들의 삶을 엮어가며 말씀하지 않으셨다. 그저 그분들은 아이를 기르는 것 자체가 목적이요 삶 속에 함께한 일상이었다. 부모님은 나에게 네가 행복한 삶을 살았으면 좋겠다는 미래 지향적 압박과 예언도 하지 않으셨다. 그저 우리 가족은 오늘을 살았다. 그러한 것을 부모의 미숙하고 서툰 육아법으로 여기며 나는 다르리라고 벼르듯 다짐했다. 그러나 나는 좋은 부모가 되기 위한 그 많은 정보와 교육으로 인하여 아이를 키우는 진정한 기쁨을 잃어버렸다.

아들아, 밤은 만물이 쉬어야 하고, 가족은 서로 볼을 부대끼며 사랑을 주고, 저녁 식탁은 따뜻한 온기로 가득차야 하는데, 우리에게 이런 저녁은 사치였다. 나는 집안일과 양육에 대한 공동의 책임감에 무딘 아빠에 대한 불만과 일하는 엄마로서의 자격지심으로 몸과 마음의 신경이 늘 곤두서 있었다. 퇴근 후 너의 책가방 속에서 이미 기한이 지난 가정통지문이 겹겹이 쌓여 있음을 발견하고 뭔가 잘못된 듯한 엉클어진 삶에 화를 폭발시키곤 하였다. 회사에서 풀지 못한 나의 심한 갈등과 무관심한 남편에 대한 미움을 너에게 돌리면서 나의 감정을 정화할 방법을 찾았다. 그렇게라도 해야 내일 또 출근을 할 수 있고 가슴의 응어리를 잠재울 수 있었다.

너의 겁먹고 당황한 표정은 더욱 나를 날뛰게 하였다. 분명 이것이 옳지 않음을 알면서도 나는 멈출 수가 없었다. 약자에게 힘을 가하는 강자의 양심적 고통과 더불어 내 맘대로 할 수 있는 유일한 대상이 조그마한 너였다. 주말이면 주중의 못다 한 의무감으로 제대로 된 부모 역할을 하기 위하여 너를 여기저기 사회나 역사 교과서에 나오는 곳으로 데리고 다녔다. 박물관의 그 컴컴한 어둠 속에서 너에게 박물관을 통째로 외울 것을 강요하는 심정으로 너의 손을 잡고 완주하듯 이끌었다.

점심을 먹으면서도 네가 하나라도 기억하는지 질문을 해대고, 아무 말 못 하는 너와 3시간을 함께하며 지쳐버린 우리 사이에 점심은 이미 맛있는 것이 아니라 서로의 실망을 확인하는 시간이었다. 그래도 집으로 돌아오는 운전대를 잡은 나의 손은 뿌듯하였다. 나는 피곤한 회사생활 속에서도 주말에 쉬지 않고 내 사랑하는 아이를 위해 기꺼이 나를 희생하여 아이를 좀 더 바르게 키우기 위하여 노력하고 있음에 자족하였다. 낮에 박물관에서 본 우리와 비슷한 무리의 엄마들 속에서 나는 수백 년 전에 죽은 어느 왕족의 왕관을 묘사하는 깨알 같은 글씨들을 힘주어 정성껏 읽어주었다. 회사 다니는 엄마들이 얼마나 열심히 사는지 알아봐 주기를 바라면서.

그렇게 너는 초등학교를 졸업하고 중고등학교를 마쳤다. 너는 밤에 잠자리에 들기 전 나의 손을 이끌고 옆에 누워 있어 달라고 떼쓰지 않은 지 이미 오래되었다. 너의 학년이 거듭될수록 나 역시 회사에서 중책을 맡으면서 우리는 점점 적정한 그리고 적당한 거리의 인정을 서로에게 주게 되었다. 그러나 그 인정은 또 다른 방향의 상처를 남기기도 했다. 회사에서 나의 지위가 높아질수록 너와 아빠는 예전보다 훨씬 나를 이해하려고 하였으나 결코 가사는 누구의 몫도 아닌 여전히 나의 것이었다. 나의 에너지는 회사, 집안일, 육아에 빠짐없이 투입되어야 했다. 어느 쪽으로도 부족하면 나는 제대로 나의 역할을 못하는 책임감 없는 사람이었다.

엄마는 허둥대었지만 밥을 지었고 빨래를 했고 퇴근 후 하루 동안 너에게 무슨 일이 있었는지 캐내어야 했다. 밖에서 어떤 사회적 일을 하든 가사와 육아는 여자의 몫이라는 암묵적 진실을 일찍이 나는 보았고 남자들은 아내의 경제력을 기꺼이 여기면서도 여자의 본연의 의무를 당연시했다. 아빠와 너의 그런 모습에서 엄마는 외딴 섬과 같은 고독감을 느꼈다. 어쩌다 감정적 트러블이 생기면 너와 아빠는 나에 대한 아내로서 엄마로서의 불만족을 표출했다. 사회에서의, 여성으로서의 지위를 집에서는 엄마라는 이름으로 저 아래로 떨어뜨렸다. 엄마의 사회적 위치가 좋아 보이면서도 집에서는 결코 내세우지 말라는 그런 것이었다.

봄이 가면 어김없이 여름이 온다. 누구의 어떤 노력도 가해지지 않은 당연한 것이다. 아이를 가지고 맞는 것도 같은 이치였다. 우리는 심각한 고민 속에 함께할 삶에 대한 기대감과 서로에 대한 책임감 등 많은 것에 각오와 의지를 다지며 결혼을 선택한다. 그러나 아이에 대해서는 좋은 부모가 되겠다는 올바른 준비도 없이, 결혼이라는 의식의 마지막 퍼즐처럼 당연히 내게 오는 것으로 받아들였다. 그렇게 가정이라는 완전한 그림이 완성된다 생각했다. 육아일기와 육아정보, 태교, 출산 준비 이것으로 너를 맞는 데 부족함이 없다고 여겼다. 그러나 너를 처음 본 순간, 결코 이게 당연한 것이 아님을 알았다. 그리고 너를 키우고 네가 성장하는 것을 보면서 나는 수많은 육아지식보다 훨씬 중요한 것을 정작 몰랐음을 깨우쳤다.

네가 태어나자마자 간호사는 내 배 위에 너를 안겨주었다. 배 위에서 뜨거운 뭉클함의 생명이 내게 왔다. 너는 동그란 눈을 너무나 또록또록하게 미동도 없이 뜨고 있었다. 너를 잠재우려 내 등에 업고 동요를 나지막이 불러주면 신기하게도 너는 모든 곡을 따라 불렀다. 늙은 어부의 노래를 들려주면 갓 돌이 지난 너는 눈물을 흘렸다. 너는 감성과 감각이 너무나 따뜻한 아이였다. 알고 있었니?

너는 지금 20대 중반의 젊은 꼰대이다. 알고 있니?

너는 꼬물꼬물 유충을 지나 지금 번데기의 껍질 안에 있다. 그 속에서 무엇인가가 벌어지고 있다. 너가 어떤 나비의 형태로 껍질을 벗고 나올지 궁금하다.

Butterfly from cocoon.

60개의 이를 드러내며 활짝 웃는다, 나의 연인에게

이루지 못한 나의 꿈아, 너를 그곳에 남겨둔다

우리 사이는 당신이 놓으면 끝나는 연애였습니다. 처음부터 이별을 예고받은 연애임에도 내가 바라는 끝을 만들고 싶었어요. 당신이 아니라 내가 우리 관계를 끝내는 것이죠.

지난날 사진 속의 나는 항상 입을 꽉 다물고 미소가 없는 조심스런 표정이군요. 그러나 나의 눈빛을 보세요. 호기심이 가득하면서도 가짜인 것은 거부하겠다는 고집을 뿜고 있네요. 이 불안정한 사랑 속에서 내가 얼마나 멋지고 놓치기 아까운 여자인가를 당신에게 보여주었어요. 내가 해야 할 것에 대한 명징한 의식으로 종교의식처럼 하루하루의 고유한 삶을 신실히 쉬지 않고 수행했어요. 위대함은 일상의 누적이다. 이것을 실천하였어요. 나는 상식과 틀을 뒤집는 대담성을 기획하고 실행하고 그 결과를 팔짱을 끼고 만만히 지켜보며 흐뭇해했죠. 나는 대한민국 최고의 마케터라고 내심 자부했답니다.

당신, 혹시 나의 꿈이 무엇이었는지 아세요? 당신의 과거와 미래를 바꾸고 싶었어요. 관행적인 것들이 주위에 널려 있는데 문제의식 없이 정답인 양 다들 따라 하고 있더군요. 이것은 책임지지 않겠다는 뜻이죠. 새로운 시도는 저항을 낳고 거듭된 실패가 축적되어 어느 날 처음부터 있었던 것처럼 효율 높은 시스템이 되죠. 그리고 완성의 끝에 다다르면 예리한 동물적 감각이 느껴져요. 내가 만든 시스템을 또 쳐부수고 새로운 길로 나서야 한다는.

나는 아마 이러한 재미로 연애를 했던 것 같아요. 연애 초기부터 일이 나를 정의하게 두지 않았고요, 내가 스스로 일을 지배하고자 했어요. 이런 저를 누구는 독하다며 지독히 밀어내었지요. 이들은 나의 무엇이 싫었을까요? 아니면 나의 무엇이 두려웠을까요? 돌이켜보니 많은 상처를 받았지만 이들의 우울한 독선과 배척이 나의 형형색색의 재능에 어두움의 깊이를 더하여 심오하면서도 그윽한 색채가 되게 했어요. 음, 정숙한 품위를 갖추게 해주었지요. 그러나 잊지는 마세요. 내면의 발랄함은 결코 물러서지 않고 간직하고 있었음을요.

나는 당신이 건넨 고약한 샌드위치를 잘 받아먹지 못했어요. 당신의 사랑에 따르는 내가 견뎌내어야 할 고통, 책임감, 시련에 무척 민감했어요. 여성, 학연, 지연 이런 프레임에 스스로를 가둬두고 때로는 너무 심하게 몰아가며 힘들게 다그쳤어요. 나의 메시지를 전하는 것에 급급하였고 그 반응에 감정적으로 대처했어요. 나의 자존감을 지키기 위해 열심이었으나 도리어 자존심이 심하게 뭉개져서 좌절도 하였지만 결코 겉으로 드러내지 않았어요. 나는 강하게 보여야 했으니까요.

아, 그러나 당신, 나의 빛나던 것들을 어느덧 없애 버리

셨어요. 당신은 조숙한 숙녀를 원했고 나의 고집, 정의로움, 반항심을 다 쳐내었네요. 심지어 나를 깔끄럽다고 하며 나의 분위기와 스타일을 너무나 민둥하게 만들었어요. 당신의 그 확고한 형식, 전통, 정신이 나를 숨막히게 했어요. 당신의 사랑이 없으면 안 되는 것을 당신도, 나도 알기에 나는 생명력 넘치던 붉은 빰의 소녀에서 멈칫멈칫 눈치 보는 그저 그런 이가 되어버렸어요. 뾰족하고 오돌토돌한 매력으로 세상 뭇 남성들의 러브콜을 받았는데 이제는 누가 거기 없나요?

사랑은 당신이 끝내는 것이 아니라 내가 끝내는 것임을 이제는 알겠어요. 사랑을 이어갈 힘이 없는 사람이 끝내는 것임을. 굴욕적 사랑이군요. 약자가 이별을 준비하고 통보하고 오열하는군요. 정말 후회되네요. 까불거리며 화려한 옷차림을 하고, 어깨에 진한 타투를 하고, 모든 휴가를 남김없이 맘껏 쓰고, 한 끼 저녁으로 한 달치 월급의 절반을 기꺼이 지불하고, 긴 머리의 출렁이는 웨이브로 출근길에 으쓱했어야 하는데….

마지막을 고하듯 사무실과 직원들을 한 바퀴 돌아보았습니다. 내가 가장 열정적이고 에너지가 높았던 때는 나를 적극적으로 응원하고 밀어주는 상사가 있었을 때였어요. 왜 이것이 지금에야 이렇게 간절히 생각나는지. 사람이 죽을 때 생전에 자신이 친절하지 못한 것을 후회한다고 하네요. “칭찬 좀 해주세요.” 이 말을 많이 들었습니다. 나의 마음은 동의하지 않았어요. 훤히 보이는 것들이 당연한데 이걸 잘했다고 칭찬하는 게 어색하고 진정성이 없어 보였죠. 참으로 면목 없고 부끄럽습니다. 큰 성공을 이루지 못하는 못난 상사의 전형적인 모습이었죠. 칭찬은 숨죽여 있는 대단한 장수들을 드러나게 하고, 더 위대한 일들을 해내도록 하는데. 나는 칭찬하지 못했습니다.

올해 가장 시도해보고자 했던 것이 의자 없는 공유형 사무실 만들기였어요. 사무실 책상을 절반 넘게 없애버리고, 그 여백에 휴게공간과 소규모 미팅룸을 여러 개 만들고 대부분의 업무와 회의는 스탠딩으로 하는 것이죠. 사무실에는 지리함과 꾸무적거림이 있을 수 없는 적당한 긴장감이 돌고 직원 간의 높낮이가 없어 오직 고객과 우리만 중요한 의미를 두죠. 이것을 시도할 시간이 내게는 이제 없네요. 한 직원의 책상 벽면에서 소통, 혁신, 창의성 이런 것들에 관한 리플렛을 봅니다. 이런 용어들이 주는 무게감은 우리를 질리게 만들어 오히려 이것들과는 반대 방향인 개인 속의 평범함으로 도망치게 해요. 용어들 자체가 이미 위대하고 거창하기 때문에 어떤 것도 초라해짐을 알기에 입을 다물어버리죠.

제가 심각하게 여긴 것은 IT의 급격한 변화에 따른 관련 지식 습득과 활용의 격차로 일어나는 세대 간의 갈등이었어요. 꼰대란 옛사람이 아니라 변화에 자신을 던지지 못하고 막혀 있는 사람이죠. 나는 늙은 꼰대, 젊은 꼰대 그리고 후배들에게 진심 어린 코칭조차도 하지 않으려는 진짜 꼰대를 보면서 조용히 손 흔듭니다.

나의 자리로 돌아왔습니다. 지사장의 명패를 눈으로 손으로 가슴으로 일별합니다. 당신에게 내가 가장 어리석었던 것을 실토하지 않으면 평생 후회할 것 같습니다. 나의 당당한 가난을 결코 타협하지 말았어야 했어요. 당신은 능력을 중시한다고 신사처럼 말했지만 그것은 당신이 아끼는, 아니면 당신이 속아서 넘어간 특정 계층만의 것이었죠. 여성으로서 감성코드를 더 잘 읽어내었는데, 지방대 출신을 극복코자 더 많은 책과 보고서를 작성했는데, 내가 이룬 어떤 것도 즐기지 못하고 서랍 속에 감추어버렸죠. 왜 그것을 누추한 가난이라 여기고 용기를 내지 못하였는지. 나는 많이 항거하면서 실패했죠. 그러나 내가 옳은 길을 가고 있다는 신념만은 흔들리지 않았습니다.

우리는 새로움 없이 안정된 관계 속에서 서로 끝을 견주고 있었죠. 사실 우리는 언제 끝나도 미련이 없을 정도로 서로에게 집중했어요. 나는 우리의 이별에 저항하고 싶었어요. 예전처럼 싱그럽고 수줍고 화려하지는 못해도 이제 나는 지혜가 충만한 품위와 그레이의 멋진 노련함을 갖추었는데 이것보다 더 귀하다는 그 젊음은 도대체 뭐죠. 당신이 또 다른 여인과 사랑에 빠지는 것을 생각하면 질투심으로 애간장이 녹을 것 같아요. 청춘의 아름다움이란 양날의 칼이군요. 아름다움으로 당신에게 사랑을 받았고 이제 그 아름다움의 빛바램으로 나는 떠납니다.

나의 사랑하는 이여, 나의 눈에는 눈물이 흐릅니다. 그러나 나의 이는 마치 60개인 듯 활짝 웃습니다. 나의 내면의 보석을 끄집어내 준 당신의 손에 나의 눈물과 웃음을 남깁니다.

나의 이루지 못한 꿈아, 너를 거기에 남겨두려 한다. 거친 바람에도 쓸쓸해하지 마라.

곧 더 나은 누군가가 있어 너에게 날개를 달아주리라.
My dream leave behind.

에필로그

나는 세상에서 멀어지고

내 젊은 삶이여, 안녕을 고합니다. 나는 그곳에서 누군가로 기억되기를 원치 않습니다.

왜냐하면 나는 이미 나로서 완성되었기 때문입니다. 내가 나를 기억합니다.

이제 나는 어느 한적한 소슬바람 속에서 그와 함께 다른 노래를 부르고 있을 겁니다.

Sincerely with my lifelong.